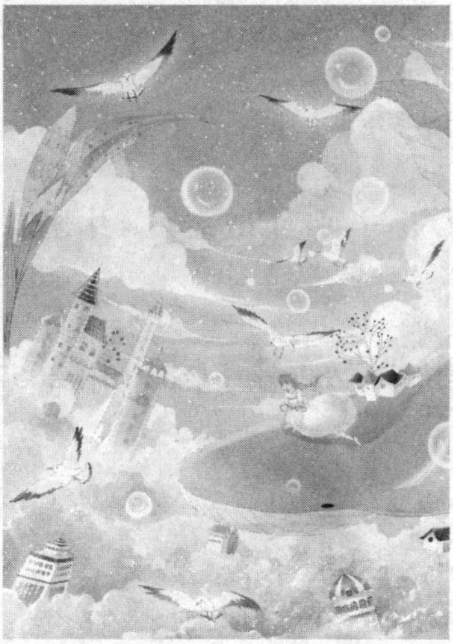

骑行天路上的小幸福

王飙/著

路过心上的经典散文
邂逅一生的悦读，愿你翻过每一页

天津出版传媒集团
百花文艺出版社

图书在版编目(CIP)数据

骑行天路上的小幸福 / 王飙著. -- 天津 : 百花文艺出版社, 2021.1
ISBN 978-7-5306-7982-1

Ⅰ. ①骑… Ⅱ. ①王… Ⅲ. ①散文集 – 中国 – 当代 Ⅳ. ①I267

中国版本图书馆 CIP 数据核字(2020)第 205776 号

骑行天路上的小幸福
QIXING TIANLU SHANG DE XIAOXINGFU
王 飙 著

出 版 人:薛印胜
责任编辑:魏 青
装帧设计:宋双成
出版发行:百花文艺出版社
地址:天津市和平区西康路 35 号 邮编: 300051
电话传真: + 86-22-23332651(发行部)
+ 86-22-23332656(总编室)
+ 86-22-23332478(邮购部)
网址: http:// www.baihuawenyi.com
印刷:唐山富达印务有限公司
开本: 640mm×910mm 1/16
字数: 260 千字
印张: 18
版次: 2021 年 1 月第 1 版
印次: 2021 年 1 月第 1 次印刷
定价: 49.80 元

如有印装质量问题,请与唐山富达印务有限公司联系调换
地址:唐山市芦台经济开发区农业总公司三社区
电话:(022)69383810 邮编:301505

在阅读中优雅老去

二十岁时，第一次去凤凰，不为古镇美景，只为能与偶居夺翠楼的黄永玉先生见上一面。

时逢雨季，沱江奔啸，烟波微茫信难求。苦待数日，仍没能等到想见之人。

在清冷的雨丝中独自徘徊，满心失落。无意走进一家书店，里面尽是沈从文先生的文本作品。无处可去，只好在僻幽的角落里翻阅旧籍。而后，一发不可收拾。

回程当日，总觉有重要东西遗落城中，寻思许久，才跑去那条巷子的书店里买了本周身泛黄的《边城》。这本有着深蓝小印戳的《边城》，至今仍安躺于我的书柜里——它不仅使我在未果的行程中找到些许补偿，更让我在之后的时光无比怀念二十岁的自己。

再后来，兴许命中所定，真与书结下了不解之缘。不但自己看书写书，更领着诸多热爱文学的人走上了自己想走的路。

我经常跟学生们说，阅读是写作的命脉，只有不断阅读，才能保持创作角度的新颖和思维的敏捷。然而，阅读所赐予的，又何止是这些？

不管在何时何地，只要手中捧着一本书，心里便会觉得安然。书不但能排遣无聊的寂寞，将岁月的伤痛逐一缝补，还能把心灵淬炼成一块玲珑美玉。

一个爱书之人，必是睿智且沉稳的。遇事不惊，处之泰然。古人所说的“腹有诗书气自华”，便是这意思。

生命本就是一次有限的跋涉。一个经常看书和一个经常沉迷在网游世界的人，心灵绝对是不一样的。前者，往往更能体悟一叶一菩提的真谛。

书本所给予心灵的力量，是不可言喻的。十年寒窗，说的并不是读书人的艰辛，而是意在表述读书人的坚忍和不懈。试问，有多少人可以在寒窗下十年如一日地重复做同一件事情？

正如北大教授曹文轩所说：世间最优雅的姿态，就是阅读。不论静坐还是倾卧，甚至在厕所里，它都是最美的姿态。因为这样的人，通常都会从骨子里散发出一种极具亲和力的书卷气。

阅读人物，通晓历史，可以他人鉴知自己得失；阅读杂文，百味世事，可在辛言辣语中澡雪精神；阅读情感，温热肺腑，可居书香浓情里滋养心灵；阅读故事，体会人生，可于静谧岁月中倾情流泪……

每一种书，都是风景；每一本书，都是亟待窥破的秘密。

宋朝诗人黄山谷有一句名言："三日不读书，便觉语言无味，面目可憎。"这其中说的，就是每日读书的重要性。

本套系列图书，所遵循的就是这个简单的理论。通过遴选当下不同类型的精华文章，给读者送去不同的心灵养分——成长卷让你懂得如何珍惜青春，成功卷让你明白如何把握自己的人生，真情卷让你寻回本真的感动，感悟卷让你看到世界别样的美好……

为了能找到年度最精华的文章，为了给读者省去寻找的繁琐，我们几乎把本年度的期刊翻了个遍，邀请了二十四位中学生喜爱的作家，目的就是为了去其糟粕，取其精华。

这些作家的名字，不仅经常出现在全国各大刊物，还经常出现在各省市的中高考语文阅读理解试题中——我们的宗旨只有一个，就是为这个时代的读者，奉献好书。

但愿我们可以放慢匆乱的步伐，一起在欢愉的阅读中，优雅老去。

一路开花

二〇一八年十二月书于云南曲靖

目录

第十辑　卑微的快意

第十一辑　蓝色的哈达

第一辑

诗性的人生

大化自然，峥嵘万象，哪一片风光，不是极尽其美？哪一道景致，不是瑰丽绝伦？天人灵通，物我齐一，道韵禅妙，机发悟启，一切都蕴藉于我们的心府之中，只要不断地提升自己的胸境慧识，大块的文章，我们读来，就会字字精妙，句句入魂！我们的境界，决定了自己是一个什么样的面对世界的人。

·境　界

7月9日　西宁

骑行中,最让人头痛的就是从大都市里穿过,大大小小的街道,纵横交错,如迷宫一般,但是,从大城市穿越多了,我便有了一个诀窍,一定要认准你要到达的那条路的方向,一直骑过去,感觉差不多的时候,再问问路,一般就解决了问题。

这不,我钻出西宁城来到了郊外之后,正拦着一个当地人问109国道在哪儿的时候,不想从我的身后也骑过来一个年轻人,他也是在打听109国道,我们彼此看了一下对方的行头,便明白了都是骑往拉萨的骑友。小伙子是陕西人让我喊他一木。面对茫茫的前路,两个孤独的骑行者,怎能不惺惺相惜?于是,便结伴而行。

说是两个孤独的骑行者,只不过是外在的表象,就我个人来说,一个人的骑行,反而能让我感受到一种内心的踊跃和静逸,因为我的灵魂并不会只专注于一个"骑"字上。我的双眼,总是与心和相机的镜头相接,我心所慕,便是镜头所指,旅途之上,飨美如饕,看似孤独之身,却拥有着一颗丰储之心,是为了我日后的回味和创作,留下充裕的供灵魂慢慢来反刍的饱秣；心灵一旦与自然万象为伍，旅途何来乏味与孤独可言？心底氤氲着诗意，你行走的每一寸旅程，都有着欣赏不尽的诗情和画韵！

109国道，是一条起于北京，穿越内蒙古、青海和西藏，止于拉萨的极为重要的交通大动脉，被称为中华大地上的金色飘带。我和一木要骑行的是从西宁到拉萨的这段，约2000公里。这一路的风景，有人说她苍凉，有人说她雄旷；有人说她单调，有人说她是神仙居住的仙乡……许多人喜欢拿他人的评述，来左右自己的选择，这是极其荒谬的心态，自己的审美观和价值观，岂能交给他人来掌控？

记得有一年，我和几个朋友去峨眉山旅行，爬金顶可谓是一个不小的挑战，3000多米的海拔，对于平时缺乏体育锻炼的人来说真是一个坎。在我们攀登到一半的时候，有人问从山上下来的游客："到金顶还有多远？"那个游客大发感叹地说："还远着呢！爬上去，累个半死，不就是一座破庙，几块烂石头吗，真没看头！别去啦！"

听了他的话，有人真的就不想走了，这时，我的一个朋友说："既然来了，哪有半途而废之理？他说不好，就不上去啦？我们知道他是哪个层次的欣赏水平？究竟是仙境，还是垃圾，实质上，你之所见，就是你灵魂世界的再现！无限风光在险峰，大美灵魂在攀登，走吧，慢慢地欣赏吧，不要做一个心灵中堆满垃圾的人！"

这个朋友的话，早已成了我旅行的纲领，因为大化自然，峥嵘万象，哪一片风光，不是极尽其美？哪一道景致，不是瑰丽绝伦？天人灵通，物我齐一，道韵禅妙，机发悟启，一切都蕴藉于我们的心府之中，只要不断地提升自己的胸境慧识，大块的文章，我们读来，就会字字精妙，句句入魂！

我们的境界，决定了自己是一个什么样的面对世界的人，入道入禅，还是入魔入邪？机用在前，就看自己怎样的修持了！

·诗性人生

7 月 9 日　西宁至湟源

出了西宁，野阔天清，风和日丽，正宜前行；刚一上路，一木便拼命地前冲，我也被他领得呼呼带风；其实，这种骑法，并不是我的风格。我的口号是：骑行就是养生，冲和而不逞能！所以，平时在家的时候，我的骑速就以 20 码为基数，再根据风的顺逆酌情增减，以骑为工具，从而达到健身健心健魂的养生铸魂目标！

其实，从喜欢上骑行以后，我就没有把骑行当成健身的唯一目标，我要在“骑”的襄助之下，融身大自然，遍阅天地文章，从而达到身强心健魂雄的目的；魂雄，我的笔头，才能创意流泻，智慧花开，不是为了展示自我，而是为了自我内在志趣的舒展。这样的骑行追求，可谓是一件难求，所以，在穿越大别山、川藏线、青海湖等等的骑行中，我都是孤狼一个；当然，我也知道，旅行，上了路之后，什么样的事情都有可能发生。但是，没有直面挑战和考验的勇气，估计一生都只能窝在平庸的壳里探不出头来！

追求卓越，是为了享受诗性的人生，因为在卓越者的生命里，自性的花朵，会在天地万象之中柔融柔逊地绽放。

骑完了30来公里的平路，下午3点来钟的时候，我们钻进了风景秀美的湟源峡中，谷底清流若奔，两岸青山耸峙，崖壁之上，时有飞瀑流泉；山梁之间，时有佛寺隐隐；行走之时，还可见到一些悬岩上古人留下的刻石，有“天河锁钥”，有“海藏咽喉”，不一而足。这样的雄峡胜谷，我哪里还有心飞车直前呢？我不断地驻足停车，拿出相机，大拍特拍；俗话说，好记忆，不如烂笔头，那么，让旅行者震撼的好风景呢？如果不借助于相机的镜头，那么，她们就有可能在日后失落在旅行者的心灵深处，再难以找回……

穿越在如诗如画的峡谷之中，却一直在爬坡，特别是在翻越的一些山口处，上坡凶猛无比，但是，为了不至于被一木甩得太远，不下车拍照的时候，我还是在拼命地踏车。结果，来到湟源入城时，遇到一个陡坡，骑不上去，我在推车上坡的时候，两腿一齐抽筋，疼痛难忍，寸步难行，只得停在路旁休息……

一木返身回来，问：“王哥怎么啦？”

我说：“自进入湟源峡，几乎一直都在爬坡，骑得太急，肌肉过度疲劳，抽筋啦！以后的路还很长，看来不能像这样拼啦！”

其实，我双腿疲劳抽筋，并不能全怪一木带骑得太快，寻常都是在平路上骑行，一遇山路，双腿的发力，便是平路上的四五倍，若出现一些特别的状况，也是正常，但是，有一点我已在心底给自己定了规矩：青藏天路才开个头，以后的骑行，绝不能再像今天这样的拼抢了！一边欣赏美景，一边优哉游哉地骑车，不是更好吗？一定不能把自己搞得太过于疲劳，即使是骑行在极度的挑战中，也一定要给自己留有足够的缓冲余地和弹性空间。

·精 神

7 月 9 日 湟源县

骑行的路上，除了途中尽赏美景之外，每到一地，我还会尽量把风物人情搜括囊中；每一座城市，古人在选址上，自然有其机妙之处，走走转转，定会有一种人天相通的灵气透入自己的心魂。

进了湟源县，我和一木就在丹噶尔古城附近的一个宾馆里住下，稍事休息，吃了晚饭，看看时间还不到 7 点，就和一木溜达进了古城。也许是地处西部边陲的缘故，古城保存得虽然好，但游客并不多，我俩置身域外，却成了大街上的一道域内的风景。

汉朝时期，为了管理羌地，在湟水源头无极山的半腰，建立丹噶尔城设郡驻兵，吐蕃王朝兴起之后，这里成为汉藏互贸的重镇，安史之乱中，吐蕃王朝趁火打劫，曾一度纳入其辖治之下。大宋开国以后，丹噶尔古城成为丝绸之路上的一个重镇，商业极度发达；在清朝，其年交易额，竟然达到了西宁府贸易的六至七倍。直到 1913 年，才更名为湟源县。

漫步在古城的老街中，真如在故旧的时光里穿越，那沧桑的石板路，连接着一座座充满了回、汉、藏、蒙古等多种风格的建筑群，有衙门，有军营，有庙宇，有学堂等等，当然，最多的还是沿街的商铺……

遥想当年，这小小的山城，光店面就有一千多家，回、汉、藏、蒙古，以及国外的商客，云集于此，其场面可谓是比肩接踵啊！如今虽然热闹不再，但那些历劫犹存的古建筑，依然在诉说着当年的辉煌；比如那邻街的古韵悠悠的学堂和孔庙，让人幽思绵延。准确地说，丹噶尔古城，应该是一座建在半山腰的军事要塞，但是，她展现给世界的却不是野蛮的杀戮，而是文明的一面；特别是孔庙外墙上孔子讲学图的镶板砖刻，更让人感受到一缕缕的温馨，“德厚天地”“道冠古今”更像警钟一样，在如流的岁月里警示着过往的人们：做人，要有怎样的精神。

走过老街的尽头，转出拱海门，我和一木顺路踏上了古城背依的北极山，一座小山，却有着如此大气的名字，真忍不住让人感慨万端；山门是一宏大的牌坊，上书“北极恒云”四个大字，门前铸有一个巨鼎，其铭文中便有“北极鹏瞰，日月镜光”；感慨间，遇一漫步的老人，便问及北极山之名的由来。

老人说，原来此山不过是座荒坡秃岭，山下的百姓要打柴，就得到很远的地方去。后来，山里来了一个老者，育苗植树，很快山上便有了一片片的绿荫；老百姓在他的感召下，也自发同他一起植树造林；当五岭之上山林连成一片之后，老者便不知所踪，人们纷纷传说他是天上的紫微星（亦称北极星）下凡，为了感念他造福一方的功德，就在山上建北极观，并为他塑像敬奉，从此，这山便有了北极山的称谓。

一个山名的背后，原来还有着如此深厚的蕴涵。古人云：“行天德者，谓之圣；圣人之精气，谓之神。”老人在北极山上，留下的不仅仅只是树林，只是绿荫，更是一种精神！

我和一木，在鲜红的夕阳里，登上一座座山峰，然而，由于天太晚了，一座座庙观，都关了门，不然，我一定会在北极观的神像前，献上深深的一拜！

终始的智慧

7 月 10 日　湟源药水河峡谷

早上出了湟源县城，沿着湟倒（湟源至倒淌河）公路，踏上了西行的漫漫征程。吸取了昨天双腿因用力过猛而抽筋的教训，决定把速度和力度，都控制在完成每天的骑程后，尚有余勇可辜的境地，像川藏线、青藏线、新藏线这样的挑战极限的骑行中，一定不能再人为地去冲击生理和心理的极限，要留有享受一路大美的精力和体能，有乐趣，才有动力，只是一味地打疲劳战，把欣赏之旅，变成了赶路之行，最终，人的意志会在疲劳之中消弭；凡是喜欢逞一时之雄者，结局大都成了一世之熊！

《易经》是中国古老智慧之大成，在成就人生事功中，她教给人们的是终始观，就是你要从自己成就的事功里最终想获得什么样的人生大快乐，那你就以这种快乐之心去进取，去追求，去达成。这样，才不会迷失方向，也不会精神沉沦！不忘初心，方修得正果！也就是我们常说的“以成功者的姿态走向成功”“以胜利者的豪迈走向胜利”。比如骑行青藏天路，就应该是人生铸梦的一个缩影，未上路之前，我最渴望的就是感受一路之上的大美风光，心牧造化瑰丽奇象，魂阅天地大块文章。一旦当自己上路，不管路途之上有多少的坎坷艰险，都不要忘了这是一次心灵的朝圣之旅！

离开湟源不久，我和一木便骑进了药水河峡谷之中。药水河是湟水的重要支流，发源于日月山，穿越于华石山中，路随水转，峡壁千寻。我们一会儿爬坡跃上岭头，一会儿飞车冲入谷底；峡中危梁十余，隧洞数条，苍岩在目，虬水腾奔。此峡中有一座被称为“天河锁钥”的石堡城，说是一夫当关，万夫莫开，毫无虚头。史上曾两次记录了石堡城之战，也可以看到其战略位置的重要性……

当年的唐朝与吐蕃，曾经约定以赤岭（即日月山）为界，唐朝便在赤岭之下的药水峡中修石堡城镇守。吐蕃强盛之后，以偷袭的手段夺得此城，并以此为据点，不断地掳掠唐地，唐玄宗下令夺回石堡城，朔言节度使李祎长途奔袭，神不知鬼不觉地出现在城下，吐蕃人猝不及防。唐军夺回关隘，并做出出击吐蕃的姿态，吓得赤德祖赞赶紧向大唐提出和亲，唐中宗的女儿金城公主下嫁吐蕃。并在赤岭上立碑以纪念，据说此碑至今犹存于西藏博物馆中。

20多年之后，赤德祖赞和金城公主的儿子赤松德赞，登上赞普的王位后，再次夺得石堡城，并大肆掠夺河湟一带，唐玄宗命令大将哥舒翰率兵近十万，攻取石堡城，而城上守军不过数百人，一连攻了七八天，伤亡万余人，竟然拿不下来，气得哥舒翰要斩杀攻城的将领高秀岩和张守瑜。他二人立下军令状，三日内拿不下城堡，提头来见，这下两人一面强攻，一面又派人冒死攀上悬崖绝壁，从后面进攻，结果大获全胜。丢了石堡城的赤松德赞，再不敢与大唐为敌，急派大臣以外甥的身份到西安与唐朝订立和平誓约，并刻碑以记，此碑被称为舅甥盟誓碑，直到现在还立在拉萨的大昭寺门前……

关于药水河的来历，传说也与这次攻打石堡城有关。哥舒翰率大军一路向西挺进，行走之间，军中暴发瘟疫，患者浑身发热，口渴难当，行至药水峡的时候，病人频频到河中痛饮，很快人们发现，疫情突然消失，大家便唤这河为药水河。

旅行，是我们气宇和灵性的诗意拓展

7 月 10 日　日月山

转出药水峡，过了日月藏乡，上坡更加艰难，骑行几乎变成了推车，愈是接近日月山，坡度愈大。但是，风景也变得愈美；绵延的山丘，青青的牧场，如绿色的波浪，层层叠叠，伸向与云天相接的远方。每次停车驻足休息的时候，我都拎出相机，咔嚓咔嚓地拍上几张；有时，我也会支起三脚架，与一木来个合影，或自恋一番……

旅行，是我们气宇和灵性的诗意拓展！我们走过的路，会成为我们幸福的长度；我们看过的景，会成为我们灵魂的花园；我们感动过的美，会成为我们生命的丰采；我们在途中经历的坎坎坷坷，会成为我们彻悟人生的密钥！旅行，是旅行者在天地之间打开的一扇获得精神自由的机缘之门！大块空茫，我们襟怀廓然！

经过了一番拼搏，下午 3 点来钟的时候，我们终于骑到了日月山垭口，日亭与月亭，分别挺立于两山之顶。青染绿浸的山上，经幡飞舞，风马飘飘，天蓝云白，一片祥和。

以前的 109 国道，就穿越在日山和月山之间，这里可谓是游人如织，几乎所有的车辆，都要在此停驻，登上山亭，以感当年文成公主的遗风。

日月山（原名赤岭）是一个很有意思的地方，在地理上，她是农牧的自然分界线，在唐蕃分庭抗礼的时候，她是疆界；在唐蕃和亲中，她是文成公主在灵魂上真正断乳并走向成熟的标志！

据说，文成公主在离家奔赴雪域的时候，大唐皇帝给了她一面宝镜，想家时，只要镜背对着家乡，就可以看到她想看到的一切：父母、玩伴、熟悉的宫殿、熙攘的街道……云路苍茫，每一次出镜都是一次悲怆的心碎！当走到赤岭上的时候，她又一次在对家乡极度的思念中拿出了宝镜，看到了父母，忍不住放声大哭，接着，伴她一起而来的众人，也都痛哭流涕，声震山野。在这样的哭声中，文成公主似乎听到了什么神秘的感召，她抹去眼泪，对身边的人们说："我们和亲吐蕃，是去完成大唐与吐蕃的一个和平而又神圣的使命，如果这样哭哭啼啼地走，岂能完成使命？"于是，她把宝镜掷于地上，裂而为二，一半化为日山，一半化为月山……

后人曾有诗赞曰：

宝镜一掷胸廓然，
天下从此笑中揽；
转日挎月寻常事，
魂入禅境佛心展！

宝镜的传说，也许只是一个寓言，但是，她告诉我们一个真理：欲成就大事者，必须有廓然的胸襟，智慧的选择，创意的修为，义无反顾的决绝和意志！

怀着一颗崇敬的心，我和一木登上日月双亭，拜谒了亭中文成公主的和亲纪念碑。

一木说：“当年，一个年方16岁、在皇宫里长大的唐朝女孩，竟然担负起了国家平安的重大使命，并且，她还做得那么好，真是了不起啊！”

我说：“有时，是时势造英雄；有时，是英雄造时势；一个人，不管你是被命运推到了风口浪尖，还是你主动做出了创造命运的抉择，我们都应该勇往直前，以自己的智慧、意志和不屈不挠的精神，成就人生的卓越和伟大！”

喜乐已悟禅，廓然入佛仙

7月10日　倒淌河

从日月山上下来的时候，可谓是坡陡速疾，手闸一松，溜坡如风，码表读数，直线上升；推了半天的车，真的好想疯一疯！有那么一个时刻，我的码表读数竟然升到了60以上，然而，在一个急弯前，我差点失手撞山，吓得我出了一身的冷汗，急忙把车速降到了30码左右。当我看到一木飞车从我身旁一扫而过的刹那间，我高喊了一声："控制速度，以防乐极生悲！"

一木听到了没有？反正我没见着他的车速有所减缓，大约在距我200多米远的地方，我看见他重重地摔到了地上，那一刻，我的心里好不紧张，忍不住祈祷起来："愿上天保佑，千万别摔出什么毛病来！"

等我骑到他身边的时候，他已从地上爬了起来，谢天谢地，只是有一些皮外伤。也许是因为他曾当过几年兵的缘故，身手敏捷，才躲过了这一劫。原来是他的一件别在驼包上的衣服，因下坡太猛，激起的风让衣服飘起来后裹进了车轴。

一木幽默地说："有惊无险，有劫无伤，看来我平时的人品还不错,关键的时候得到了上天的护佑呢!”

我笑了笑说:“看来你的心态不错,都说:‘喜乐已悟禅,廓然入佛仙’,老弟依此修行,将来必得正果!”

一木检查他的车子,也没摔出什么问题,但我还是拍了拍他的肩膀告诫道:“说是说,笑是笑,路途之上,不出事,皆大欢喜,真出了事,估计就是难以承受之重了,以后的骑途上,我们还是悠着点啦!”

从日月山上,我们几乎是一路顺坡溜到了倒淌河镇。小镇不大,准确地说,也就是沿109国道两旁的草地上,建了一些藏式民居或商铺,但是,镇中却有一个非常气派堂皇且古道流芳的广场,文成公主双手合十的巨大雕像耸立于广场中间,她看上去,雍容华贵,目光悲悯,在纯净蔚蓝的天宇的映衬之下,与下凡的天神无异。是的,在藏族同胞的心目中,她就是菩萨的化身,然而,据说流淌在她身边的倒淌河,就是她的泪水幻化而成,难道神灵也会哭泣吗?

文成公主在日月山上最后一次手持能够看到家乡和父母的宝镜痛哭之时,忽然有悟,顿时契入佛境,摔镜的那一瞬间,完成了她由凡入圣的蜕变,这倒淌河哪里是她的泪水呢?分明是洗去她俗世的尘劳,让她自性大放光明的梵波神漪啊!如今,她依然还蜿蜒在青青的草原上,正一路向西流注于青海湖中……

我们住下后,来到广场上徜徉,一木说:“这是倒淌河镇,可倒淌河在哪里?咋一直都没看到呢?”

他这一问,我才发现,还真没看到过这条传说中的神奇之河。

这时,一木有些内急,我们就钻入国道旁的一个小巷子里去找厕所,走到小巷的尽头,虽没发现厕所,却看到了一条如哈达般蜿蜒在草原上的小溪,正朝着夕阳挥洒的方向流淌呢。原来这就是传说中的倒淌河啊!

我和一木都非常的兴奋,马上蹲在溪边掬一捧圣水为自己灌顶,以祈求得到文成公主的祝福!在落日的余晖里,我们沿着倒淌河边的青草蔓延的牧场散步,用心灵去感受一种弥沦于天地之间的圣洁之美……

一切皆有其意义

7 月 11 日　青海湖

早上，明丽的朝晖，透过纯净的空气，播洒于察汗大草原上，我和一木拜别了双手合十向着东方遥祝的文成公主，离开了倒淌河镇，继续踏上了我们一路向西的漫漫旅程。

从倒淌河到青海湖岸，有 30 多公里，基本上都是下坡，道路就穿越在空茫的大草原上；天空是一抹的宝石蓝，大地是连成片的翡翠绿，黑色的牦牛，如云的羊群，还有彩色的经幡，装点其间，目之所触，可谓美轮美奂……

我正陶醉在这神奇变幻的如宏阔立体画廊般的骑途中，一木突然问道："王哥，你看人家文成公主，行走在这荒莽苍凉的险途危路之上，等待着她的是皇娘王后的位子，而我们忍受这一路的苦楚艰辛，等待着我们的是什么啊？我懵懵懂懂地骑上了青藏路，现在想想，我都不知道这趟骑行的意义何在！王哥，你觉得这天天重复的骑行在这单调而又荒凉的 109 国道上，有意义吗？"

我说："一切皆有其意义！你立足的高度不同，所得到的意义也就不同；比如我们现在的天路骑行，一般人认为这是自找苦吃，因这些人聚焦的是肉体，而人生真正的幸福感则是源于精神的富足和灵魂的满足。如果你的旅行，最终的目的是为了攫取功名利禄的锦标，那么，看不到希望，你自然也寻不到意义。但是，你若把天路本身就当成一座伟大的天国之圣殿，那么，我们走过的每一寸土地，无不闪耀着灵性的神光；我们前行的每一步，都将获得美之韵与神之力的加持；我们穿越的每一道风景线，都将内化为我们生命之诗的篇章；心拥此念，我们骑行在路上的哪一途、哪一景会没有意义呢？”

说话期间，转过一个山角，苍苍茫茫的天野之间，一汪缥缈的湖蓝映入了我们的眼帘。沿着109国道，我们骑进了一个宛若仙境般的神话世界里；金黄的油菜花开满湖岸，蔚蓝色的湖波连着若有若无的远山，一木长长地叹了口气说：“真美啊！”

我说：“置身于天野之间，大自然的美，无不冲击视觉，震撼灵魂；你看穹窿之下，万象冲融，风云变幻，山水殊列，天地的道妙，是不是就蕴含其中？我们一路读之品之，也许还能从中悟出一些生命的真义和人生的谛旨呢！”

一木说：“王哥是一个真正的旅行者，能从山水中读出生命的真趣；我充其量也就是一个想给点燃激情找点火种的浪漫主义者，但是，遇到了你，我突然感觉到自己的视野空阔了许多，王哥的话，句句都透着诗意哲韵啊！”

顺着一个路口，我们骑到了湖边。我对一木说：“咱们既然路过这里，就去湖边转转吧。”

青海湖曾是大海的一部分，青藏高原隆起之后，她被四面的大山阻断了去路，从此便像一个处子一样，在这里安静地一待，就是亿万年久。我和一木掬起一捧捧的清波，我们能听到古老的回音吗？我们捡起一块块的卵石，能读懂岁月的密码吗？

黑马的语源

7 月 11 日　黑马河

在湖边徜徉了许久之后，我和一木继续沿着与湖不即不离的国道而行。路的一边，是天水相连的蔚蓝，一边是青坡绵延的山峦；天碧如洗，地美如幻；山坡上，牦牛成群，经幡飞舞；湖岸上，黄花成片，牧包如莲；骑行其间，可谓是视觉的盛宴……

过了二郎剑，发现迎头而来的西风，越刮越大，骑速一直都在 11 码左右，我嘟嘟囔囔地说："怎么感觉一直在上坡啊？"

一木笑着说："王哥是不是高反产生幻觉啦？这里湖平路直，哪有什么坡呢？都是风在与我们作对啊！"

我们在江西沟吃了午饭再上路的时候，没想到西风更大了；这里草低无树，空旷袤僻，看不到刮风的迹象，可在我们的耳边却呼呼作响；我们骑一会儿，歇一会儿，一程一程地挨磨，直到晚上 7 点的时候，才到达黑马河镇。

镇前黑马河的岸上，会集了很多人，他们在看什么？

原来这个时候，正是青海湖中的小湟鱼逆流产卵的季节。我们驻足桥头向下一望,只见水中游鱼成群结队。我问身边的一个藏族同胞:“这么多的鱼,会有人张网捕捉吗?”

藏族同胞说,我们藏族人是不吃鱼的,所以,青海湖的生态平衡,一直都处于自然原始状态,直到20世纪60年代,由于缺乏粮食,西宁、兰州一带的城里人,就开始大规模来湖中捕鱼。据说,这湖中的小湟鱼,在“三年经济困难”时期,曾帮助过上千万人渡过难关;可“困难”时期过后,人们才注意到,每年的四五月份在湖中鸟岛上孵化后代的鸟类竟然数量锐减,尽管当时已对鸟类进行了保护,但依然是一年不如一年。后来,科学院曾专门派人做专项调查,发现是因为湖中的小湟鱼被捕捞殆尽,鸟的食物链几乎断裂,从而破坏了生态平衡。这小湟鱼是唯一的一种能在这高寒咸水湖泊里生长的鱼类,极其珍贵,为了维护青海湖的生态平衡,那次调查后,国家就把小湟鱼列为国家二级保护动物。青海湖,既是我们的圣湖,也是我们的母亲湖,保护她的生态平衡,也是我们每个人的责任。现在的四五月份,如果你来鸟岛,就又可以看到昔日鸟翔满湖的盛景啦!

在一藏家客栈里住下后,我问老板:“这里为什么叫黑马河镇?”

老板说:“是因为黑马河从我们这里流过呗。”

我又追问道:“为什么这条河叫黑马河呢?”

老板笑了笑说:“老辈子都是这么叫,我还真不知道为什么。”

正好老板的儿子放暑假在家,他说:“‘黑马’的语源,应该是来自蒙古语‘哈阿毛若’,其意为气势猛烈、不可阻挡的运气或运势,当然,也有人翻译成运气奇好的灰马;在远古的时候,这条河一定是汹涌奔腾、气势磅礴地流注着这镇旁的青海湖,人们敬畏她,崇拜她,就称她为‘哈阿毛若’(黑马)。”

想想老板儿子的话，应该说这样的解释最靠谱，后来，人们常说的黑马，是否就是从蒙古语中的“哈阿毛若”借意来的呢？

第二辑

骑入风乡

憧憬与践行完全是两回事，有多少人能放下目前的追求和责任，一心去追寻旅途上的风景？旅途并非许多年轻人理想中的那样一路风景一路歌。我们来到了西部风乡的入口——橡皮山，这里的风能让你寸步难行。逆风而行十分消耗体力，好在挥洒汗水之后有那大好的风景，更有温暖人心的人情。

骑入风乡

7月12日　橡皮山

黑马河位于青海湖的西南角，出了小镇，是一个Y字形的岔路口，向右是环湖西路，向左便是经过橡皮山通往茶卡的109国道。

我和一木出了黑马河镇，最后看了一眼横亘在草原尽头的青海湖，向茶卡的方向骑了过去。最初的时候，虽然顶风加上坡，但并不影响骑行，可一钻入橡皮山中，立马便感受到狂野的西风，无疑就是这空旷峡谷里的霸主；我们拼尽了最后的力气，骑了一程之后，就彻底地败下阵来，只好推车上山。就这样，被一个个风浪打得晕头转向，特别是呼啸的大货车，从我们身边疾驰而过的时候，更是险象环生，所激起的风涛，总是把我们弄得站立不稳，稍有不慎，就有被吸入车底的危险，所以，耳边只要响起大货的轰鸣，我们都要早早地停立在路旁……

在一次休息的时候，我对一木说："中国有句古语：'飘风不终朝，骤雨不终日'，我们是否该找个地方先避避风，等风停了我们再走？"

一木说："这风要是一直不停，我们岂不就惨了？"果然，一木一语成谶，这风一直刮到晚上才有所收敛……

早在网上查看骑行青藏线的攻略时，就看到有人说橡皮山是西部风乡的入口，当时就想：川藏线上的险山危坡，咱都一程不落地骑了过来，还怕什么风啊？然而，钻进了橡皮山，才真正知道，这风就是一道看似无物却难以穿透的气墙，挡在你的前面，让你寸步难行，干着急就是走不动。老子说："飘风不终朝"，这是因为老子不曾钻入过这个西部风乡之中啊！

狂风中推车爬山，路途之上，也早已粮尽水干，直到中午1点来钟的时候，才在前方的半山腰看见几顶帐篷，我和一木真是欣喜万分，以为是饭店或商店，快速走过去，不见有人，我先钻进一个最大的帐篷里，看见几个人正在吃饭，锅灶旁有两个藏族女子在扯面；看见热面条，我馋得口水差点流出来，连忙问道："这面能卖给我们两碗吗？"

两个藏族同胞只是笑，正在吃饭的一个汉子说："卖什么啊？拿碗来，给他们一人盛一碗，管饱！"原来这是一个修路的工地。

听了这话，我心里好温暖好温暖，流浪在外，风凄雨冷，竟然得到了一个陌生人的如此款待，能不感动吗？

拉的面很筋道，我吃不惯，只吃了一碗，但喝了两大碗面汤；一木一口气吃了两碗。饭后，我们还拉着工地的老板合了影，以纪念这一旅途中感人的小插曲。

吃了面，浑身又有了劲儿，再次出发，迎风而上，两点多钟的时候，终于到达了橡皮山的垭口。

·快　乐

7月12日　从橡皮山到茶卡

按照常规,翻过了大山的垭口之后,便是惬意的溜坡了,这也算是大山给骑行者幸福的回报吧,然而,翻过了橡皮山的垭口后,这幸福感并没有如期到来,呼啸的狂风迎面劲吹,让我们一点也没有下山的感觉。但是,我们依然从心里充满感激,因为毕竟是下山,可以骑行,坡陡的时候,还是可以冲到10码以上……

如果说日月山是农牧的分界线,那么,橡皮山则是牧场与荒漠的分界线。山口的东面,绿茵满坡,牛羊成群;山口的西面,则渐次荒凉,很快便是茫茫的戈壁,植物也只有沙棘、骆驼刺等,人烟稀少,只在有水源的地方,才可能会出现一两个牧包或一个小小的村镇。

在我和一木渐渐骑向苍凉深处的时候,却发生一件非常耐人寻味的趣事。

大约是在下午4点来钟的时候,我们停车休息,却在身旁的一个里程碑的后面,发现了一个很精美的手机,我拿给一木看,一木说:"这手机不错,估计主人应该是一个很有钱的人吧?"

当时，手机处于关机状态，我对一木说："我们应该把手机打开，不然，失主怎么能联系上我们呢？"

果然，手机打开后不到一个小时，便有一个电话打进来，对方问："你是这个手机的主人吗？"呵呵，我当然不是。对方说，他是西安的车友，不小心把手机弄丢了；他还说，为了减少开车时的麻烦，他把手机关了，感谢我把手机打开，不然，他到哪儿去找啊？

我告诉手机的主人，我们正向茶卡的方向骑行，并告诉他我们正处在109国道区间的位置。一个小时之后，迎面开来两辆越野车停了下来，打开车窗看着我们骑过去，并不说话。一木说，这两车的人好奇怪。

一会儿手机又响了，原来他们就是丢手机的人，因为在前面，他们也遇到了两个骑车的旅行者，一问并不是拾手机的人，所以，见了我们，也犹豫起来。他们又开车追到我们的前面，失主走下车来，我把手机递到他手里，他握着我的手一时竟激动得不知说什么好，半天才叹道："我的几个银行卡，都绑定在这个手机上，若是真丢了，估计会失去几笔生意！真不知咋感谢你们俩！"

这时，两车上的人也都下来了，其中一个人，拿出一千元往我手里递，说："就算是我们请你俩的客了，一定要收下！"

我说："我们骑行在外，哪敢收飞来之财啊！何况旅途之上，相互帮助，天经地义，若收钱，就有点太那个啦！"

他又往一木的手里递，一木也拒绝了。这时，其他人从车里搬出一个大西瓜，切开给我俩吃，我说："这个就不客气啦！在这干渴的路途上，有西瓜吃，快乐啊！"

随后，他们又送我们红牛饮料喝，并与我们合影，还提议用车把我们载到茶卡，哈哈哈，我们就是来骑行的，怎么能坐车呢？

帮助了别人，自己也快乐非凡啊！

在距茶卡约20公里的国道旁，竟然看到一片新修的敖包群，矗立于风沙弥漫的大漠中，真的让人耳目一新，估计这是在为茶卡盐湖的旅游涨势吧。

这一天，我们逆风而行，直到晚上8点，才到达茶卡，算来从早上8点出发，已经骑了12个小时，却才骑出了80来公里，如果是在无风的平路上，耗了这么多的体能，至少也应该是200公里的路程吧？！

·心有风景，大块妙丽

7月13日　翻越旺尕秀山

茶卡盐湖距我们住的地方，还有10多公里，一木说，格尔木的察尔汗盐湖，被称为柴达木盆地的心脏，有世界盐湖之王的美称，我们到格尔木再去好好欣赏盐湖的景致吧。

早上7点多，我们便从茶卡出发了。晴空万里，大地朝阳辉映，野阔原旷，远山朦胧。寂寞的荒漠上，无风闹腾，心中顿涌无限的幸福感，昨天不息的狂风，可被吹怕了！俗话说，不历苦难，难达禅境；说旅行就是修行，其真谛即在于此。

今天要翻越的第一座大山就是旺尕秀山，名字中虽有一个秀字，却无绿意相染，看似苍凉犷厉，细观却古朴生韵；置身山中，只觉岳嶙峰峋，霸意逼人，坡有千般造型，壑有万重气象，无须草木点缀，无须青翠相衬，巍巍天地间，凛凛我自雄；山中虽然有河床，但大都是季节河，砂砾漫漫，却无流水浩荡；行走在这样的荒山寂岭中，你会有怎样的漫思呢？

路，就蜿蜒在旺尕秀山的一条宽阔的峡谷里，基本上是一个30

多公里长的大上坡，坡缓的地方，可以骑行，坡陡的地方，推车比骑车更省力一些。

在推车爬一个大坡时，一木说：“王哥，你看行走在这荒茫的焦山之中，触目所及，苍凉一片，要变化没变化，要风景没风景，骑行在这样的路上，有什么意思呢？”

我知道一木想说什么，他的意思是像这样的景物灰色单调的路程，可以乘车过去。

我说：“问题是，在你的心目中，什么样子的风景才有意思呢？”

一木说：“这个我也说不清，反正我觉得应该是那种能唤起人们心底的激情和诗意的风景，才会有意思吧。”

我说：“心中有风景，大块才妙丽；天地万象，各呈其奇；风物之间，各有其异；有的秀蔚，有的雄浑，有的苍旷，有的幽丽，有的荒莽，有的翠碧，有的漠横万里，有的峡深千寻，有的岭赤岳裸，有的山水相依……大化无私，尽展其美，万千气象，极吐天意；一景有一景的神韵，一机有一机的大用，旅行，就是修行，参天地，悟禅真，景入于目而化于心，灵动于衷而融于道；行走于途，就是机用当前，一有分别心，则宇宙垂象，难适你意，若是挑肥拣瘦，你永远都寻觅不到‘意思’二字的所在，所以，古人常告诫我们：‘在山则情满于山，在水则意溢于水’，今天，我们骑行在这青藏线上，则好好地领悟这一路的天机道韵，才是我们意思中的意思、行走中的行走啊！激情在哪？诗意在哪？神与天接，魂与景融，忘掉意思，气清于胸，激情自燃，诗意自浓啊！”

说话之间，我们推车到达了一个山口，一木说：“听王哥一席话，心中好不快哉！下坡啦！”说完，他一声呼哨，跨车顺坡，一溜如风……

崩　溃

7月13日　旺尕秀山到都兰

一路上起伏迭宕，骑推兼用，终于爬完了30余公里的大坡，约在12点半的时候，骑上了旺尕秀山最高的海拔3700米的垭口。然而，不幸的是此时狂烈的西风又起，我和一木渴望中那下山的畅爽不但没有了，而且，还又增加了骑行的难度和险度，下山不仅没有了下山的感觉，还要注意大货车从我们身边扫过时所激起的可怕的风涛……

在强风中骑行，吹起的沙砾打在头盔上啪啪作响，打在脸上更不舒服，特别是看着前方没完没了的路途，用尽了洪荒之力，就是没有速度，没速度也就没有里程，让人感到好无奈啊！感觉好像一直都在上坡，骑到下午3点半的时候，我们距都兰竟然还有85公里，我有些犹豫地说："看看这个时间点，看看这个风势，看看这个路程，我们还能赶到都兰吗？"

一木坚定地有些超乎我的想象说："我们一定要赶到都兰，不然，我们连个住处都没有啊！"一木说的是实话，我们从茶卡出发，直到现在，我们还没遇到一个商店，一个可以打打牙祭的村镇，这一路只有沙棘和红柳方能生存的荒漠，几乎都是盐土碱地，哪里适宜人类的居住呢？

在一个修高速的工地上，我们终于遇到了一个藏民搭设的帐篷商店。我们吃了泡面和鸡腿，又补充了一些给养和水。

山路绵延，一直都是骑行在起起伏伏的坡道中，大约在晚上8点钟时，一木有些崩溃，在一个大上坡中，他突然把车子推倒在路边，坐在地上哭了起来，我来到他身边，抚着他的肩膀，问他："一木，你怎么啦？"

他一边哭一边说："王哥，我想家了，我想在这个时候，我妈一定早已做好了晚饭在等我！可她会想到此时此刻，她的儿子正精疲力竭地挣扎在遥远的荒山野岭之中吗？我真是鬼迷心窍，咋起了这样的作死的想法啊！我想回家，王哥，我感觉我再也骑不动了！"

都说男儿有泪不轻弹，其实，男儿在崩溃之中，也一样泪飞如雨啊！

看着他可怜的样子，我再也无力说出让他坚持的话了，疲惫交加的我，何尝不是跟一木一样在内心挣扎着！只是我的生命中经历的艰险坎坷比他多，灵魂里的茧子比他厚，心比他硬而已！

他的泪水让我的心也融化了，于是，我走到国道上，企图拦下一辆货车，把我们载到都兰，然而，没有一辆车停下来。看看天越来越晚，拦车的希望也不大，一木说："王哥，我不能连累你，你骑车先走吧，实在不行，我就在路边找个背风的地方过一夜，明天到都兰与你会面。"

我笑了笑说："傻小子，在这天荒地老的山野，我能抛下你一个人走吗？就是在这旷野里过夜，我也得陪着你啊！”

一木苦笑了一下，站起身来，说：“王哥，让你笑话了，刚才我真的控制不住自己的情绪，现在哭出来好多了。走吧。”

我让一木在前面骑，我跟在他的后面，在最后的一缕晚霞消逝前，我们竟然在无边的荒凉中看到了大片大片的油菜花，橙黄艳丽，与天边的霞光，遥相辉映。一木累极了，他什么也不顾了，只是在我的前边埋头骑车，我默默地下车，拍下了这苍茫的大漠中极美的一幕……

天完全黑下来的时候，我们骑到了一个叫夏日哈的小镇。向人们一打听，这里距都兰还有18公里，一听这个数字，一木的眼泪又上来了，他说：“我们住在这里吧，我的两条腿像假的一样，都不听我使唤了。”然而，小镇上并没有可供住宿的客栈或宾馆。

我们走进了一家牛肉汤馆，我说：“一木，我们一人先来碗牛肉汤吧，吃饱了肚子再说怎么走的问题。”

吃了饭，身上又有了一些劲儿，但一木还是不想再走了，他问老板，可有地方能让我们俩休息一夜。老板说，实在是不好意思，真没办法，反正距都兰还有18公里，你俩骑的是变速车，最多一个小时就到了。

一木长叹一声：“唉，看来老天爷真的是想让我尝尝什么是生命的极限挑战啊！王哥，我们走吧！”

谢天谢地的是，风停了，但夜里也不敢骑太快，路上大货车很多，哪敢掉以轻心呢！一木的手电刚上路就没电了，我们俩只能用我的那个，一木的双腿无力，骑不快，我只能紧跟在他的后边，18公里的路程，我们就休歇了五六次，看来一木真的很累了。

这天，我们骑到半夜12点才抵达都兰……这真是让人崩溃的一天啊！

让自己的人生故事成为传奇

7 月 14 日　都兰休整

都兰县借驻于察汗乌苏镇。虽然县府驻地在规模上很难与内地的一个乡镇相比，可其所辖的县区面积，却无愧于其作为县的存在，名副其实的地旷人稀呢！

我一个人在都兰两条最繁华的街道上转悠，逛了都兰县两个最大的商场，竟然没有为我的单反相机配上四节备用的充电电池。一个售货员问我："充电电池什么样子？"

我告诉她和一般的电池长一个模样，只是可以反复充电用。她问："这样的四节电池多少钱？"当我告诉她差不多一百元左右的时候，她瞪大眼睛惊叹地说："这么奢侈的电池，我们这里怎么会有人用啊？"

备用电池没配着，我骑着车大街上转悠，终于看到一家自行车店，我告诉老板我的自行车车梯断了，想换一个，老板看了看我的山地车，叹了口气说："像你们这样高档的自行车，零件只能到格尔木去换了。"

我问："还有其他的自行车店吗？"

老板笑了笑说："整个都兰，就我一家自行车店，我这里没有，也就意味着整个都兰县城里都没有呢！"

在西部，类似于都兰这样的县城或乡镇，虽然物质生活不是太丰富，但是，民风纯朴，人心善良，性格爽直而又不乏温和的情怀；尽管他们身处荒漠深处，可他们的精神世界却悠逸本然……

回到宾馆，一木已经醒了，但还躺在床上，看见我进来，他说："王哥，我不想再骑下去了，太折磨人了，一想到路上的狂风，我的心里便充满了恐惧，我明天准备坐车到格尔木，从那里把车子寄回家，我乘车去拉萨了。"

骑行青藏天路，本来就是一件苦乐自知、仙魔自度的事情，拥有大境界者，自然会把艰苦当成攀登的阶梯；一木选择去拉萨的方式，这是他的自由，我本不想多说什么。但是，看看他还这么年轻，未来的路也还太长，作为教师的我，还是没能忍住想拨拨他心里的欲望。我知道，他的崩溃，并不是体能的崩溃，因为他刚从部队转业不久，也就是20岁出点头，所以，应该比我强壮多了！如果能让他的精神挺立起来，他将会是一条腾云的蛟龙，一只矫健的雄鹰……

我问："你出来骑行青藏线，是悄悄地出来没人知道吧？"

一木说："咋不知道啊！几个月前，我就把自己的这一计划，在朋友圈里渲染得人尽皆知，但是，计划和践行之间，往往会有一座难以翻越的大山啊！"

我说："你本想让自己的青藏骑行，成为你人生的传奇故事，可这传奇故事的创作，却在你认为难以翻越的大山面前戛然而止。那么，你怎么向你的朋友们解释呢？"

一木黯然无语。

我说:“不管怎么解释,都将落入败军之将不可言勇的境地!问题是,在我们的面前,真的是一座不可翻越的大山吗?自己的精神矮了,任何一座山,都将成为不可逾越的摩天岭;我们的精神挺拔了,任何摩天岭都不过是脚下的小泥丸!我们穿越了这被人们视若畏途的青藏线,我们就能以这样不凡的经历抒写自己的传奇故事;我们穿越了这道天下绝美的风景线,我们的生命也就成了一道人间致美的风景!面对自己的朋友,面对自己的未来,你都将拥有一份无须言表的坦然!苦难是圣山的阶梯,踏过去,我们就能得到神灵的祝福,我们的生命里,也就有了一道圣洁的光芒照亮我们未来的人生岁月!”

听了我的话,一木兴奋地坐起身来,他说:“王哥,你的话太让人振奋了,你继续说下去。”

我说:“你才20出头,正当华年,身体蕴蓄着无限的能量,踏上了你曾经渴望的梦想之途,就要一走到底,并且,就以自己的这次骑行青藏线的成功,作为未来人生更大成功的奠基礼,绝不能让自己的理想像肥皂泡一样,一触即溃,而要把心中的理想,当成人生的指南,永远都不偏离前进的方向!”

一木说:“王哥真会激励人心啊!好了,我的激情之火,再次被你点燃,我一定要让自己的这次青藏骑行,成为我的人生传奇!”

现在,有些人在拼命地调侃“心灵鸡汤”,其实,这与一些别有用心的人调侃“黄继光、董存瑞”的英雄主义精神一样,是想把人的修为与理想主义剥离;实质上,每个人的心灵,都需要激励!心灵不需要激励奋发的鸡汤,难道需要消弭意志的迷魂汤不成?

旅途中的生命

7 月 15 日　都兰出发

早上，还不到 5 点，一木就把我喊了起来，他说：“王哥，我们早点出发吧，赶在起风前，我们尽量多走一些路。”

我说：“这个时候出发，可没有饭吃啊！”

一木说：“反正我们带的有水有压缩饼干，饿了，就在路上随时野餐啦。”看来我们俩昨天的谈话起作用了，当一个人面对茫茫的前路勇于出发的时候，他已经成熟了。

出了都兰，还是一片漆黑，我们挑灯而行。大野之上，万籁俱寂，没有风，一种幸运的感觉盈满心头。人就是这样，当我们不喜欢的东西缺位时，怡悦之感便会油然而生。

早上六七点钟的时候，鲜红的朝阳，突破云层，洒在荒漠，披在山岳，光焰弥丽，大地如染；这如诗如画的景色，你想不激动都按捺不住自己的心情啊！特别是看到自己在路上骑行的身影，长长地透入这画面之时，我醉了，再不管一木的趁着没风多赶路的催促，而是拿出相机，咔嚓咔嚓地拍个痛快！

天地的美，是永恒的，但是，最诗意、最绚丽的那一刻，常常是昙花一现，错过了这一刻，你就有可能错过一生，因为有些美，只在特定的环境，特定的时刻呈现，如果你恰恰正好赶上了这一刻，何不驻足好好地享受这一刻的美之盛宴呢？许多人总是急于赶路，整天喊着“只争朝夕”，他们只记得赶路，却忘记了自己最初赶路的目的！每一个骑行川藏线或青藏线的旅者，出发前都在说着一句话：“去好好地感受一番那一路的大美风光吧！”其实呢？走着走着，他们就只记得赶路了！

我有一个朋友，他也是教师，也喜欢文学和旅行，有一年，他辞职到一个亲戚的公司里当主管，他告诉我：“教师的工资太低，等我赚足了钱，我会买一辆最棒的越野，带你一起去游天下！”这是一个非常美的梦！他在亲戚的公司里，如鱼得水，公司也被他打理得风生水起。但是，为了公司的发展，他几乎天天应酬于饭局酒宴、交际谈判；钱，他肯定是赚得不少，光房子就有十几套，然而，却在四十多岁的时候发现已是肝癌晚期，死前，他曾拉着我的手说：“飙哥，当年曾许诺有钱了带你去旅行，没想到会是这样的结局啊！如果我能早几年急流勇退，去周游天下，不但当初的大梦得偿，还不至于得这个病啊！飙哥，我遗憾啊！如果能像你这样洒洒脱脱地生活，多好啊！人，应该为自己的梦想生活，而不要为了钱拼命啊！”

是啊，不忘初心，方得正果！不管我们多么渴望成功，多么渴望拥有财富，但是，我们的心灵，永远都要在诗意的引领之下去追求；我们的精神，永远都要站在超越成功和财富的高地之上……

跻身福途的大用

7 月 15 日　青藏天路

我们在上午 9 点多钟的时候经过荒漠小镇香日德，没有看到开门的饭店，就在一个小商店里补充了一些给养，就算是早餐了；骑行是个出力的活，消耗快，常常两三个小时，就得为身体加油补充能量。在家的时候，人们讲究的是：吃要可口，睡要安稳；可你出了门，旅行在途中，一般来说，能有东西吃，能有个睡处，就谢天谢地了！

像朝圣者渴望以苦难的磨砺从而达成精神的救赎一样，旅行者，也渴望走进大化自然的万象深处，获得一种超验的感受，所以，旅行者，无不具有理想主义的浪漫、英雄主义的豪迈、苦行僧的卓拔精神；任何人，都不可能舒舒服服地抵达自己伟大梦想的彼岸！

出了香日德不久，突然身后的大风骤起，轻点车镫，车速都在 20 码以上，尽管我们是骑行在乌兰山中，依然骑得非常轻松，一木说："要是天天都如此，该多好啊！"

我说："青藏线的骑行，要是都像现在这一刻一样轻快，那么，这条路上，恐怕现在就不是你我俩人的世界了。在 18 世纪的加勒比海上，曾经有一个叫玛丽的女海盗，横行海上十多年，杀人掠货无数，被捕后被判处绞刑，在法庭上，法官问她还有什么话要说，她对法官轻蔑地一笑说：‘绞刑是个好东西，它阻挡了怯懦者的脚步，如果不是人人都怕死，谁都可以当海盗，那么，像我们这样的勇敢者，还有用武之地吗？’玛丽以违法犯罪为勇敢的逻辑固然可笑，但她也从另一个方面道出了一个真理；套用海盗玛丽的话说，如果青藏天路之上，不是险厄重重，阻挡了无数怯懦者的脚步，那么，像我们这样拼搏在途中的旅行者，还有什么勇气可嘉呢？”

一木说：“王哥的话，总是另有深意，听后让人能感觉到话外有音啊！”

中午时分，我们骑进了一段沙化极为严重的荒野，风不大，我和一木就坐在路旁的一个沙丘上午餐；我们一边吃，一边侃，一木说：“我也来诌两句：天荒荒，地漫漫，满目寂辽，苍旷悠远；饮风吞沙，快乐无边！王哥，这几句怎么样？”

我说：“诗以言志，歌以抒怀；发自内心的吟叹，永远都是最美的；我们置身在这荒无人迹的大漠中，你还能笑出来，还有诗意蕴发，说明老弟腑中的灵机已开，胸度已廓；都说神灵在路上，道真在途中，这次的骑行青藏线，一定会给你带来大收获；许多人不懂旅行的意义，总以为这是吃饱撑的，其实，上了路，人们才会真正地明白：无用之用，才有着激荡灵魂、让人跻身福途的大用啊！”

一木说：“王哥的话，常常蕴涵着一种让人跳出小我走入大我的力量。说实话，骑行青藏天路之前，我的心一直处于极端的苦闷之中，去年年底退伍，考上了一所小学去当教师，总觉得自己年纪轻轻的，就这样被困死在工资极低的教师行里，是自我沉沦。但是，从学校出来，我又能找什么能让自己获利千万或飞黄腾达的职业呢？现在放暑假了，我准备在骑行中给自己的心灵减减压，解解闷，谁知这个骑途，比现实更残酷，呵呵，若不是碰到了王哥，估计我两天前就已放弃了。现在，经过王哥这几天的点拨，我的心里亮堂多了，觉得自己有了方向感；人，只有站在精神的高地，才能真正地看清自我啊！自视过高或自卑自贱，都是痛苦的根源，这次骑行回去之后，我会好好地定位自己，以求更好的发展。”

吃罢午餐，我俩刚上路不久，突然风雨交加，正准备从驼包里掏出雨衣的时候，前面不远的地方，竟然有一个很大的帆布帐篷，一个姑娘在帐篷门口向我们招手：“快来避避雨啊！”我们急忙推车过去，原来这是一个修路的工地，帐篷里还有好几个人，见我们进来，非常热情地和我们打招呼，那个姑娘给我们从锅里一人舀了一碗热茶，真暖心啊！天苍凉，地苍凉，可人心不苍凉啊！

两害相权取其轻

7 月 15 日　风窝宗加镇

雨后上路，强劲的顺风依然猛吹，原计划是骑到巴隆住宿，因为我们走的是一条尚没有正式通车的高速路，两三点钟的时候，我们问路边的一个工人，巴隆还有多远？修路工看了看我们说："你们已经骑过了巴隆有 20 多公里了！"

一听这话，我们心中暗喜，如果宿营前方 30 多公里的宗加镇，我们今天就骑了约 160 公里！

然而，天有不定风向，谁知转眼间，顺风就转成了逆风，刹那间，我们就从畅爽的天堂坠入了厄难的地狱，这模式切换得也太快了吧！据说，宗加镇一带有风窝之称，看来我们掉进风窝之中了！

在这呼呼的狂风中，推车都有些举步维艰，能够骑车似乎就是奢侈，应该说这是一场骑者与狂风的肉搏，我俩一次次累得瘫坐在地上。将近晚上 8 点钟时，终于看到了路旁有几户人家，正在怀疑这是不是宗加镇的时候，却突然发现一间房屋的门前有一块牌子，上写"宗加行者之家"，这太鼓舞人心了！我们推车过去，喊了几声老板，却无人应答，最后，从屋里走出一个人来，他说："这里我们已经包了，老板回家了。"

一听他的话，我头都大了，都已经累了一天了，这要是没处住，怎么办啊？我往屋里看一眼，堆的都是修路用的测量工具，我说："能否让给我俩一个床铺？"他表示遗憾，但他又告诉我们："顺着前边的小路走七八公里，就是宗加镇，那里会有住宿的地方。"

人到了这个境地，也只能按他说的去做了，不然，若赶往前方最近的镇子诺木洪，至少也有50公里；此时的风已消停了许多，骑到一个类似新村的地方，因为房子都是新建的居住区，向人们打听哪有住宿的客栈，都说没有，我和一木的心凉凉的，这可怎么办啊？最后，问到一个老年人，他说："你们顺着路往前走，到镇政府所在地去问问，好像有客栈。"

即使是好像有，我们也得去啊，别无选择了。路上，我发现在这片大漠深处，竟然藏着一片绿洲，果树成林，水渠纵横，渠中还有清波在流淌，没有看到这附近有河流，可这水来自哪里呢？镇子就隐在这绿洲之中。

镇子上有一条二三百米长的街道，也许是我们太饿的缘故吧，看到最显眼的建筑就是饭店，我俩直奔饭店，先从老板口中得知街道的另一端有一家小旅店后，便点了饭菜，一木还从对面的馍店里买了十来个烤饼，说吃不完，就作为明天的干粮。

等饭的时候，我们发现这里竟然非常的热，路上骑行的时候，我们还穿得厚厚的，可这里穿件长衫还有点冒汗，另一个发现，就是这里的蚊子奇多无比，店内的门上有防蚊帘，可出了店，那蚊子密密麻麻的直扑脸，隔着衣服，都挡不住它们的进攻。

我说:“老板,从我们骑青藏线以来,都没见到过蚊子,可这里的蚊子,竟然比我们内地的蚊子还多还凶,这是怎么回事啊?”老板笑了笑说:“每年这个时候,都是这么多,我也说不出个所以然来。”

吃了饭,天已黑透了,我们沿街打听,终于找到了传说中的那个客栈,其实,根本就不是什么客栈,应该说是这家的房子比较多,就在门底的一个房间里面摆了几张破床,扔个几床被子,就这条件,愿住就住,不住也无所谓,好像老板也不缺这点钱。一问价格,老板张口就要一个人50元,一木说:“就这条件,还一人50元啊?”老板笑了笑说:“反正这镇上就我一家,你们不住也可以啊!”

我们不住哪里会可以呢?最后,通过讲价,收我们俩50元。进屋一看,蚊子嗡嗡作响,墙上被拍死的蚊子黑乎乎的不计其数,还不供应开水和蚊香;我提出商店买蚊香,一木说:“王哥,蚊香有毒啊!”

我笑了,说:“没有蚊香,这一夜,我们还不被蚊子喝干血啊?若是一夜睡不着,明天还有精神骑车吗?两害相权取其轻,人生永远都要把握住这个原则啊!”

人在旅途,就不能有太高的要求,更不可开出多高的条件,能吃饱,能睡着,不影响第二天的行程,就是最大的幸福,没有这样的经历,怎么能知道珍惜家的温馨和逸乐呢?人生经历中的反差,既是挑战,也是道机禅枢,更是人生智慧之源!什么是智慧?智慧,就是一颗圆融无滞的心!

第三辑

心圆如珠

不管是在万象森罗的大化自然里，还是在世事纷繁的滚滚俗尘中，人，都是宇宙之歌中一个微不足道的音符，但是，最为可贵的是，这个音符也可以有自己充满创意的淋淋漓漓的挥洒……我们选择什么，就会有什么样的人生；我们有什么志向，就会有什么样的命运；我们坚持什么，就会有什么样的灵魂！

· 大漠日出

7 月 16 日　天路风景

早上 5 点多，我和一木就挑灯上路了。昨晚太累了，虽然打听清楚从小镇的西头有一条上 109 国道的路，但是，却没有实地查看，一直往西走，却上了一条断头路，又骑回来，还好，看到一个早起做饭的妇人，给我们指点了道路。

本以为早起，就能像从都兰出发一样，赶在起风前多骑一些路，哪知风窝宗加乡的风特勤快，比人起得还早，出了小镇，呼呼的西风，正在路上迎头等着我们呢。一木说：“我昨夜在梦中，还祈祷风神能多给我们一些方便呢，看来是俺人品不好，白祈祷啦！”

我说：“大自然自有其道，哪里会被我们的祈祷所左右呢？更与人品无关啦！”

朦胧的夜色渐渐地退去，苍旷的凉野襟怀大开，遥远的地平线上，原本混沌一团的云层，慢慢地披上了霞彩，忽的有那么一个时刻，赤焰喷薄，红日顿出，天空有云都挂绫，地上有物皆殷妍，大象成韵虚廓中，诗花盈盈心底绽。天地的大美，这一刻如此淋淋漓漓的在我们的眼前呈现，怎能不让人感动、让人震撼呢？

我对一木说：“停下来，让我们好好地感受一下这荒漠日出吧，这是造化专为我们这个旅行者捧出的画面；不要辜负了造物主对我们的一片苦心和宠爱啊！”

我们面对东方，注目着金乌飞跃、扶桑流火的盛状，心中会有怎样的雀跃呢？我轻轻地吟道：

凛凛霸气涌天外，
雄雄一轮唱瑰迈；
豪意盈胸大野中，
曦晖缕缕正怜爱；
人言旅途多风险，
岂知圣境入魂快！
飞霞万朵媚我心，
独拥虚廓尤自在！

一木说：“王哥的这首诗，就叫大漠日出吧，文字中横出的气势，正与此情此景相融；人生在世，不历此景，难得此境，王哥的心灵有此大境相支撑，何愁文章诗赋不神采飞扬、瑰境叠出呢？斗室里的文字，灵性难彰，大块浸润的词骚，才会流芳千古、遒逸万代啊！我现在虽然还没有读过王哥的书，但是，我能感受到，你的旅记游歌，一定是禅韵悠悠、道妙如如，骑行回家后，我一定买几本好好地读读。”

我说：“我并没有告诉你我是什么作家啊？你怎么知道我有书出版？”

一木笑了，他说：“你在打电话和朋友聊天的时候，我早已得到了这些信息，何况王哥不凡的谈吐，也让我不能不刮目相看啊！”

人，都是有虚荣心的，听了一木的话，心里挺快乐的。

看着渐渐升高的朝阳，我笑着说：“景色虽美，但却不宜久留，今天还有漫漫的长路等着我们呢，走吧！”

胆气可嘉的年轻人

7 月 16 日　青藏天路

青藏天路之上，旷苍萧莽，天悠地阔，有山皆骨突棱棱，有谷皆厉气兀兀；特别是从青海湖的黑马河到格尔木约 450 公里的这一段，更是西风烈烈，砂砾飘飞。浩浩荡荡的空寂之中，就我和一木一前一后两个骑行者，在与狂风的搏斗中拼命地向前，如果有神灵行走于风中，那么，他们会有怎样的感受呢？是觉得我们的出现有些突兀，还是意料之中？

大约是中午约 11 点的时候，我和一木正停车路边小憩，一辆摩托车在我们的身旁戛然而止，一个年轻帅气的小伙子跳下车来向我们问好，攀谈中，知道他竟然是我的安徽老乡，叫蒋连龙，他独自一个人正在单骑走青藏线，在拉萨稍做几天的休整和游历之后，再走后藏，穿越阿里，经藏新线，到达乌鲁木齐。然后再去敦煌，经内蒙古去北京……这是一个大胆而又霸气的大穿越，行程一万多公里……

一木听得两眼一愣一愣的，他说："这得吃多大的苦历多少的难，才能完成啊？"

连龙说："我就是要趁现在年轻，给自己一个常人难以承受的挑战，我大学刚毕业，就要参加工作了，我要以这次的摩旅，给自己未来的人生一个最美的奠基礼！"

一木摸了摸他的摩托车，说："能骑上这么豪华型的摩托，说明你应该生活在一个非常殷实的家庭里吧！为什么要出来受这份罪呢？"

蒋连龙说："我父亲是汽车经营商，我也是在父母的百般呵护中成长起来的，我这次之所以选择这样的挑战，就是来向人们证明，我不是一个纨绔子弟；我父亲是靠自己的打拼走出来的，他不希望我坐享其成，更渴望我能有超越他的发展，他支持我挑战自己，我父亲常说的一句话，就是：'吃得万般苦，方得真福田'；我出来不是为了拿钱买罪受，而是花钱买感受啊！人的生命，只有经历了大自然的浸润，才会有山魂水魄啊！"

我拍了拍连龙的肩膀说："你父亲是一个有远见卓识的汉子啊！钱，这个东西，用好了是福，是我们生命腾飞的翅膀，是成就我们铸梦人生的熊熊之火，是让我们的福分绵延不绝的源泉；我相信，你承受了这次的挑战之后，你的心性将像江河一样的鲜活而又平静，这就是负巨舟而从容的大气！"

说着话，我们就在路旁拿出干粮来补充能量，当连龙知道我这是骑车第二次进藏的时候，一种钦佩之情从他的眸子里油然流出，他从包里拿出一本最新版本的全国交通地图递到我手上说："王老师，你简直就是我的偶像了，路途之上，没有什么好送的，就用这本地图来表达我的敬意吧，因为它对你的旅行，还是有点用的。"

分手的时候，我们三人还互留了手机号。

自 信

7 月 16 日　天路漫思

自从穿越了象皮山这道风门进入了空寥虚廓的风乡之后，行走在通往格尔木的浩漫的道途中，我每天都感觉自己就是一个被雄劲的西风在路之弦上狂奏的音符，但是，这个音符所谱写的旋律，却在演奏着我生命之曲中最富有神韵和灵性的精神之音；不管是在万象森罗的大化自然里，还是在世事纷繁的滚滚俗尘中，人，都是宇宙之歌中的一个微不足道的音符，但是，最为可贵的是，这个音符也可以有自己充满创意的淋淋漓漓的挥洒……

我们选择什么，就会有什么样的人生；我们有什么志向，就会有什么样的命运；我们坚持什么，就会有什么样的灵魂！

许多人并没有选择骑行青藏天路，他们当然也不会因此而失去什么；有些人像我一样选择了骑行青藏天路，那么，他们肯定将收获什么；在这个充满了挑战的过程中，他们以信念为斧，为自己的灵魂之鸟开辟出了一片自由飞翔的广袤天地；以经历为犁，为自己的生命世界开拓了一片更加非凡的福田宝地；一个人，只有勇于付出，才能挣得盆满钵溢;许多人,喜欢用金钱来衡量收获的意义,其实,如人饮水,冷暖自知,价值观不一样,自然理解有天壤之别!

风乡里逆袭的骑行,总是会让我想起自己的教师生涯,自从走上三尺讲台,我最大的渴望,就是成为一个能以自己的卓越人生、成就非凡和人格魅力,来影响和提升学生灵魂的一流教师,成为一个艺术家式的教育工作者,但是,我的渴求,被浩浩荡荡的应试教育的潮流携裹得难以立足,这潮流的压力,比风乡里的风墙更难以穿透,但是,我没有被这潮流携裹而去,而是高唱豪歌、奋然前行,虽然我的渴求,本应是整个教育之曲的主旋律,不幸却变成了我一个人的孤独之歌,但是,我依然收获到了自己渴望中得到的成果,到目前为止,已有四本散文集出版,有两个学生在我的影响和熏陶之下,一个成了现在著名的年轻作家,一个还在上高中的时候便加入了省作协,成了我省年龄最小的作者……

付出,就会有收获;坚持,就会有成就!

虽然现在的应试教育,还被推得轰轰烈烈、风起云涌,但是,终有一天会停足回顾,步入正轨;抗日战争时期的西南联大,是建立在卓越而又伟大的师魂之上,故而卓越的人才辈出;相信我们国家未来的教育,也一定是建立在卓越而又伟大的师魂之上。我的诉求,虽然还只是我一个人的独奏曲,但是,终有一天,这诉求,会成为整个教育事业中师心师魂的交响乐!

我是不是有些自信了?绝不是,因为教育的科学性和艺术性,必然以卓越而伟大的师魂所引领!

达成我渴望中的学校教育,也许,这条路还很漫长,但是,我相信,我们的教育终有一天将抵达理想的彼岸,就如我在烈烈的西风中逆袭而上，看似无边无际，但终有一天，我将抵达心中的圣城拉萨一样！

心圆如珠

7月16日　到达格尔木

我和一木在诺木洪的一家小餐馆里吃了午饭，再上路的时候，迎面吹来的西风丝毫不见减弱，旷野里的风力发电机，正立于苍天之下，呼呼地转悠着，它们是得风愈张狂，我们可是得风心苍凉啊！呵呵，因为不是顺风。

晚上7点多钟的时候，我们距宿营地大格勒乡还有十多公里，在与大风的搏战中，我们的体能再次耗损到了极限，一木久久地坐在路上不起来，看看西天的落日已在大漠之上沉沉欲下，想想前方，还有似乎没有尽头的西风肆虐的暮途在等着我们，心里真的有些说不出的苦楚；人的体能一旦疲惫超越了极限，旅途，真的就如地狱一般啊！此时的痛苦，淹没了一切，即使身处仙境，我们的胸中也没有了诗，没有了美，没有了歌，没有了前方，除了一种自救的本能，还在左右着我们正被绝望侵蚀的心智。

当一个人的肉体真的崩溃的时候，意志往往很难再把他的躯体托起！如果是身处极端的环境之中，甚至连自救都是一种奢侈。曾经看过一个登山运动员的笔记，他在珠峰的海拔七千多米处，曾经遇到过一个登山者，他耗尽了体能，并且，双脚严重冻伤，瘫软在冰峰上，嘴里不断地重复着："别丢下我，把我带下山去，我不想死在这里！"然而，所有的人，都是自顾不暇，你不能自救，就只能自生自灭！现实，有时就是这么残酷；所以，当一个人在冲击极限的时候，还是一定要量力而行啊！

还好，我们的处境不是珠峰，而是不断有车来车往的青藏天路！我们的骑行，有冲击极限的意韵，但是，我们身之所处却并非绝境！

一木哀哀地说："我的两条腿，实在是不听使唤了，拦辆车把我们带到大格勒吧！如果司机说让我们出些油钱，就给他，可以吗？"

我还能说什么呢？我的身体状况又能比他好多少呢？

这一次比较幸运，很快一木就拦到一辆皮卡，是辆工程车，司机是郑州人，非常热心，还帮我们把自行车搬到车斗里；十多公里的路程，在汽车轮子的滚动中，转眼即到了大格勒，一问司机，才知道大格勒乡距公路还有十多公里；司机热情地说："你们还去什么大格勒啊，再拉你们几十公里到格尔木得啦！"

听了司机的话，我还在犹豫，一木说："许多人骑行青藏线，都是把格尔木作为起点的，王哥，我们就少骑这几十公里吧！何况这一路的风景，都是千篇一律的旷荡荒苍，再善于发现美的眼睛，估计也该有些审美疲劳了吧。"

我叹了一口气说："那就走吧。"

坐在车里，看着眼前飞驰而过的风景，心里还是真有一种临阵脱逃的愧疚感，但是，转而又自我安慰道："不管做什么事情，在不影响大局的情况下，也可以有些灵活性的；毕竟我现在与一木还是一个暂时的命运共同体，并且，还都与强风共同搏斗了这么多天，天天都几乎处于崩溃的边缘，今天坐这几十公里的车，也是可以理解的呢！”

自我激励和自我安慰，都是圆融智慧中必不可少的元素，因为在进取中，常常也会有必要的妥协，不必为此纠结；人生中，你难以作为的事情，往往比可为的多，所以，学会自我安慰，才能心圆如珠，取舍自如，转圜其中，无滞无碍。

晚上9点前，我们乘皮卡车到达格尔木的火车站，好感谢热心的司机。

黑枸杞的传说与人生三健

7 月 17 日　格尔木

格尔木，可以说是我和一木骑行青藏线上的一个重要的转折点，因为从这里开始，我们与风的搏斗就变成了和睦的相处。我和一木，在困境中的相濡以沫，很快也就要在骑上通途之后而相忘于江湖了……

还在茶卡的时候，我和一木便有了到格尔木胜览察尔汗盐湖的计划。因为察尔汗盐湖是柴达木盆地的锅底，有着世界上顶级的盐湖风光，其诗性和神秘性，都是茶卡盐湖所无法比拟的，这也是我们没有在茶卡游览的重要原因。

早饭后，我们打了一辆出租车，便奔盐湖而去。路旁荒凉的旷野上，有许多开着粉白小花的荆棘丛，这让满目苍凉的荒野有了些许生机，便忍不住问道："这是什么植物，竟有这么强的生命力？"司机梁师傅很善解人意，见我们如此好奇，便把车停在路边，让我们下到盐碱滩里去好好地欣赏欣赏。

梁师傅说："这是黑枸杞，只生长在盐碱碛漠之地；或许正是因为它的生命力奇强无比，加上生长环境奇特，所以，生发出许多的神奇传说。据古书记载，周天子在祭天时所穿的黑色衣服，就与黑枸杞有关。当年，猃狁部落举兵叛周，文王姬昌派大将南仲率军平乱，当王师扫荡猃狁至格尔木一带时，南仲和一些士兵相继染疾，药石无医，正一筹莫展之际，有一老者赠南仲黑枸杞，染疾的将士天天嚼食，不出数日，一个个便身轻气畅，大病痊愈。得胜之后，南仲便献黑枸杞于文王，姬昌吃后，大赞其味甘健体，称之为神果，并感叹是助周兴盛的天物，于是，便定黑色为天子之色。”

梁师傅看我们听得津津有味，又接着说道：“如果说刚才的一番话，是源自朝堂之上，那么，在民间还有一个更奇特的传说，想听吗？”

看来梁师傅真想吊吊我们的胃口，怎能不想听呢？

梁师傅说：“曾经有一个书生体弱多病，为了寻得健体强身的秘方，便从京城西安出发，想到昆仑山中寻仙求道，以了心愿，路过大漠深处的一个村落时，忽见一个年轻女子，正在痛骂责打一个年迈的妇人。书生一看，就气不打一处来，心想这里的民风怎么如此恶劣呢？于是，不容分说，就上前指责那年轻女子违背尊老之道，谁知那年轻女子呵呵一笑说：‘你当她是我的什么人？实话告诉你，她是我的小儿媳妇！’书生不信，转问老妇，老妇答道：‘千真万确，她是我的婆婆，今年92岁了，我是她的第七个儿子的媳妇，今年也快50岁了。’书生大惊，追问缘由，那婆婆说：‘我是一年四季以黑枸杞为主食，春吃苗，夏吃花，秋吃果，冬吃根；都已年近百岁了，还体健身轻，发黑容焕，看上去如30来岁的少妇；而我这个儿媳妇，不光不吃枸杞，连素菜也不吃一口，就知道吃鸡鸭鱼肉，人还不过半百，便老成这个样子；真是一个不争气的孩子啊！’书生听了这番话，便在村子里住了下来，每天去野外采摘黑枸杞吃，半年之后，百病消除。”

一木说：“可惜现在不是黑枸杞成熟的季节，不然，咱也可以尝尝鲜啊。”

梁师傅说：“如果你们需要，我可以帮你们买一些，价格是一斤1000元以上，前一段时间，曾被炒到十万元一斤呢。”一木摇了摇头，表示吃不起啊。

我笑着说：“不管是黑枸杞，还是冬虫夏草，都没有传说中的神用灵效，中国现代有的是大富豪，也不乏有人日吃月嚼，何曾听说过有因此而百岁不老之人？在黑枸杞和冬虫夏草没有名世之前，人参被认为是延年益寿的灵丹妙药，因此，当年位极人臣的袁世凯，年轻时期，便开始天天食用人参，50岁以后身体便急骤衰老，不久便撒手人寰。由此可见，世上没有什么神品能让人长生不老；俗话说，勤养身，慧养寿，趣养魂，三养捧出精气神！在我看来，一个养字，还只是让人生处于守势，都知道，主动出击才是最好的防守，所以，人生三养，不如改为人生三健：健身、健心、健魂。健身，是强健其躯体；健心，是平和其情绪；健魂，是诗意的栖息、创意的开拓。三健合于天道，犹如一生二，二生三，三生万；健身，是一画开天；健心，是阴阳冲和；健魂，则是《易》演阴阳。所以，坚守人生三健，不仅能让人气血两旺，延年益寿，还能让一个人的生命之鼎，卓拔挺立，风流蕴藉啊！”

一木听了我的话，哈哈大笑，他说：“王哥的人生三健，才是真正的灵丹妙药，比起黑枸杞、冬虫夏草来，更是无价之宝！”

盐湖诗韵

7 月 17 日　察尔汗盐湖

谁能说得清楚，大自然有多少瑰丽雄艳的艺术创作撼心震魂、叹为奇观？即使你是一个旅行家，也难瞻亿万之其一，但是，我们每一次的阅历，都是精神世界的一次延展，都是心灵境界的一次提升；自然造化是永恒的存在，但是，当我们每一次以生命之短暂去拥抱造化之永恒的时候，我们的灵魂也能在这样的永恒之美中，感受到生命存在的诗意和曼妙！我们来了，我们来过，虽然我们还将回到自己熟悉的那片土地上去讨生活，但是，我们的心灵之鸟，常常可以飞到远方那些似梦又真的化境里，浪漫地翱翔……

像绿翡翠一样的察尔汗盐湖呈现于我的眼底之时，那种浩渺无边的静态美，那如镜映苍穹的大气象，刹那间震慑了我的灵魂！我知道，那水中没有鱼群的涌动，没有苹藻的丰美，因为这是大自然殊异的杰作，简洁而又雄宏，单调却又引人遐想，这是豪华之色褪尽后的疏朗，盛宴之飨落幕后的寂寥……

亿万年前，这里也曾经是海波绵延，浩浩瀚瀚，鱼龙飞跃，鸥鸟翩翩；那时的你我，也许还曾经是那片蔚蓝里的一个过客，在我们的灵魂深处，谁敢说没有留下那种鳌掷鲸呿、浪涛翻卷的记忆？然而，造化谱曲，激越浪漫，起伏迭宕，时急时缓，在自然交响诗演奏的高潮中，地球上的这片土地随着主旋律的跃动昂昂地隆起，而这片被称为柴达木的2万多平方公里的土地，却因为隆起得缓慢一些，成了盆地，而这一盆的盈盈碧波，也在岁月里凝聚成了这一首盐之诗！

漫步在湖坝之上，岸边的结晶盐，像纯而又纯的白雪，湖风吹来，清波吻岸，在那吻处，时常会开出一朵朵的盐花，有的像玫瑰，有的像宝塔，有的像松鼠，有的像卧虎，有的像雏凤，有的像松树……意象朦胧，画韵绝伦，难道这是上苍在绘塑曾经有过的记忆吗？

凝目向远，湖天相接，眼前浓浓的祖母绿，渐渐地化去，最后，与万里一碧的长空融为一体，浑浑茫茫，而又清气氤氲，空空寥寥，而又道韵悠悠；老庄的静然虚无，佛禅的廓然之空，大象在此脱出，此间所涌动的，是妙还是有？空手抚哑琴，聩者倾耳听，大化无语，我们的心灵不应该又盲又聋吧？

在一片正要抽尽卤水准备出盐的湖岸旁，一个工作人员告诉我："这一池湖盐已经成熟，到了收获的季节，等把盐起走之后，卤水又会涨满，大地深处的盐又会陆陆续续地透入到卤水之中，不久，又会迎来下一个收获季节！盐湖，不养鱼虾，不育水草，但是，她本身就是一个生命体，一个鲜活的生命体，一个呼吸着天地灵气的生命体！"

说得多好啊！看似荒静死寂的盐湖，她也是一个呼吸着天地灵气的生命体！我们常常认为她是一个死亡的黑洞，其实，她也是一个像我们人类的生命一样的诗意的存在！

人生三昧

7 月 17 日

我和一木悠然地漫步在盐湖的岸边，湖中的一池如茫茫白雪一样的晶盐，呈现于眼前，延展于遥遥的地平线，其洁如洗，一尘不染，在阳光的照射下，青天竟然显得一片黯然，可谓是：玉艳吞天色，冰净掩苍颜啊！

一木说："荒荒大漠之中，幸亏有了这一道殊异的风景线，才让这片土地荒而不废、含珠而晖啊！不然，谁还会知道有这个鸟不下蛋的地方呢？"

我也感叹道："说起来在这个世界上，哪有什么荒地啊？最不上眼的地方，或许就是潜蟠蛰龙最喜欢栖身的地方呢；只要机枢缘关一旦开启，我们就会发现其无穷的价值和非凡的存在！尽管造化万象峥嵘，我自只要一境独开，当是掩不住的风流啊！

"大化无语，处处演法。天地不言，道韵悠悠。我们生而为人，放眼四望，仿佛人人都握着灵蛇之珠，家家都藏有荆山之玉，唯独自己才疏学浅，难免时常会有些自惭形秽。其实呢？我们的生命也并非只是一片荒寂的旷野，谁知道在这片荒野之下深埋着什么取之不尽的宝藏呢？一旦开启，定会石破天惊。

“然而，这取之不尽的宝藏，是怎样形成的呢？当青藏高原隆起，柴达木盆地形成，海水经过了亿万年的凝聚，方成了今日盐湖的正果，可谓是万取一收！我们的生命自离开母体，也与这个盆地一般，我们体内的能量之水，也需要凝聚致精，才能专而为宝、用而为神啊！佛家修行，有禅中三昧，指的就是心专于一境，才能透关而入，契悟于道，见性成佛；禅不缚于佛法，亦不脱于凡尘，禅中三昧，亦是人生三昧啊！专修于一艺，心注于一境，方能一举万随，以一摄万啊！人间的卓越者，莫不是得此精髓而成其大呢！”

一木说：“王哥不愧是教师，说起话来，都是一套一套的，听着就是一种享受。说心里话，能成为你的学生，真是人生的大幸啊！”

在这恢廓天地的察尔汗盐湖边，听着一木的话，我还真想起了我的一个学生李丹崖，人刚步入而立之年，便已出书十余部，成为中国作家协会册籍上著名的年轻作家，前不久，还在一次全国性的美文大赛中获得第二名，他的名气，比我大多啦，真真正正的是青出于蓝而胜于蓝啊！这是为师的骄傲和自豪，也为他能得人生三昧而不断成就自我的卓越而幸福和快乐！想到这里，便随口吟道：

人有灵花一朵，
何愁蒂下生果？
若能护好青涩，
馨香弥天媚我！

第四辑

昆仑，昆仑！

心中多诗吟，只因身在诗境中。将近早上9点的时候，昆仑圣境的山门顿现在眼前，鲜灵的朝阳中，门的一边写着“巍巍昆仑”，一边写着“万山之祖”，大气磅礴，吐纳摄魂；门后那突兀绵延、崖骨嶙峋的山阿，犹如一堵照壁，让人浮想联翩；置身于此，多想大吼一声：“昆仑神山啊，我来了！”然而，大地幽寂，山色空幻，喊与不喊，心中都涌动着诗与梦的浪漫，因为在那堵照壁之后，就将是我与神灵共舞的福地洞天！

昆仑，昆仑！

7月18日　天路美景

我和一木在格尔木休整了一天，除游了察尔汗盐湖之外，我们还作了必要的补给。我原来的那顶骑行头盔看上去太花哨，拍照时感觉也不太上像，就又换了一顶有着天空之蓝的漂亮的头盔；天路之上，胜景绵延，触目所及，无不是美曼绝伦；骑行穿越于如立体画廊般的风光之中，咱也得顾及点自己的形象不是？

由于还心悸于狂烈的西风，我和一木便在早上5点钟的时候就上路了，大街上空空如也，只有清洁工在路灯下忙碌着，便一路向他们打听着出城的路，骑上109国道的时候天地间还是一片漆黑。

野外尽管刮的还是西风，但明显没有了前几天的势头，我们从心底暗暗地祈祷：苍天啊，请发发慈悲，给两个行旅之人以更多的方便吧！

东方渐明，云霞染色，就在红日跃出地平线的那一个瞬间，扶桑如炽，赤焰弥漫，我和一木忍不住驻足观望，睹像兴叹啊！为了不辜负这一天的色彩最斑斓的时刻，我们停车于路旁，一边吃着早点，一边细细地品味大野日出的景观。虽然大漠还是一片荒寂，但是，昆仑已映现于眼帘，雪峰也正向我们点头示意呢！正所谓：

大圆苍苍化境奇，
大方范范物象雄；
诗与远方何处觅？
戴圆履方快意行！
昆仑已是盘中餐，
王母备酒瑶池宫；
昔日穆王流连处，
今在旅栖寻常中。

心中多诗吟，只因身在诗境中。将近早上9点的时候，昆仑圣境的山门顿现在眼前，鲜灵的朝阳中，门的一边写着“巍巍昆仑”，一边写着“万山之祖”，大气磅礴，吐纳摄魂；门后那突兀绵延、崖骨嶙峋的山阿，犹如一堵照壁，让人浮想联翩；置身于此，多想大吼一声：“昆仑神山啊，我来了！”然而，大地幽寂，山色空幻，喊与不喊，心中都涌动着诗与梦的浪漫，因为在那堵照壁之后，就将是我与神灵共舞的福地洞天！

在大门的入口处，我久久地盘桓着，我端着相机，一次次地按动快门，我让一木一次次地把我摄入镜头，我的心里真像揣了一千只的小兔子，扑扑腾腾，说不清是一种什么样的感受；回望来路，仿佛我将告别的不是一段苍旷荒凉的路程，而是一段与旧情人缠绵的岁月，苦也好，累也罢，此时，除了诗意的感动和感恩，还有一份就是再也无法回头的感慨和感伤！昆仑神山，我来了，我来了……

如果说前一段时间的骑行，大都是穿越在大漠戈壁的浑浑茫茫之中，过了这座山门，我就将走进一个完全不同的全新的世界里，骑途的海拔，也将进入了一个新的高度上；然而，这个让我入迷的新世界，将给我一份怎样的惊奇呢？

相忘于江湖

7 月 18 日　天路之上

骑进了昆仑山中，只见层峦叠嶂，峥嵘突兀，蜿蜒的昆仑河，静躺于岩峡之中；当年，她可是一条得到雪山融水滋润的虬龙啊，腾跃于崇山峻岭之间；自从格尔木水库建成之后，她就失去了昔日的野性，从此，便像一个处子一样的文静……

山中的道路，大都是沿着河谷蜿蜒蛇行，人在丘壑，触目所及，无不是山崖嶙峋，奇石突兀，如鹰飞，如虎啸，如将军点兵，如高僧揖天……崖刻岩雕，自然天成，万化变千，如入梦中；传说昆仑山是中国神话的起源，是不是这些天然的造型，给我们的祖先带来如泉涌河奔一样的灵感呢？

我和一木沿着昆仑河谷骑行，两岸的风光，肯定不能用“秀蔚”二字来形容，因为耸天的山峰展示的是铁骨铮铮的霸气，断岸的峡谷呈现的是鬼斧神工般的雄奇，虽无绿意装点，但其浑然之象，韵绵于胸，却言不能摹，语不能述，所以，总有着驻足遐览、摄景留境的冲动；而一木的一门心思，几乎都是在赶路之上，对于我的“磨唧”，他开始有了怨言：“一路的风景，都是大同小异，看看不就行了？哪值得这么大摄特摄啊！”

我说：“你看这一路之上，崇山峻岭，奇峰异石，可谓是步步有景，景景透心啊，如果不多拍摄一些图片，来日忆起这途中的风光，就真的是瑰景一失再难觅了啊！再差的相机，也胜过记忆，摄景于镜，更能透景于心，虽然我们只是这仙途妙境中的过客，但是，我们要让这一幅幅图片成为我们日后再次步入圣境的一个个脚窝；所以，旅途之上，给摄影、给遐览留下一点时间，值得啊！”

一木听了我的话，也只是笑笑而已；这一刹那，我突然有些明白：道不同，路必异！如果说格尔木之前的一段路，是烈风迎头骑不快的缘故，即使他想急于赶路也无可奈何的话，现在进入昆仑山之后，风平了，风景却峥嵘起来了，风平了，适宜于赶路，这正趁一木的心意；风景峥嵘了，美撞于魂，这正是让我流连忘返的大境啊！因此，我每天肯定不会把天路当赛道一样的骑行，而是要以适当的骑法，做到赶路和揽胜两不误。

旅行的目的，不仅仅只是走过，而是来过，感受过，感动过，感悟过；走得太快，就会错过许多本可以流脍入心的大美！旅行，就是修行，不管成就任何一件事，都不可草草于过程，慢功出巧活，就如创作，写得太快了，就会失去许多本可以展现于文中的妙韵和曼笔。

也许，是一木太过渴望融身于拉萨那片佛国圣地了吧，我应该理解他的这份心情；或许，在他一次次等我时的那份失落中，还会蕴涵着对我们一起走过的时光有些许的留恋吧，但是，分别已在预料之中了，于是，我对他：“你刚从部队退伍不久，精力正旺，看来我的体能赶不上你的节奏了，你就按自己的节奏骑吧。”

说实话，我从心里还是很舍不得他的离开的，这几天艰难的骑途，我们也算得上是相濡以沫，但是，我们总是要相忘于江湖的……

一木往前走了，再没有等我；下午5点来钟的时候，我骑到纳赤台住了下来，大概在晚上9点，我收到了他的短信，说他今晚住西大滩了。

神泉和神话

7月18日　纳赤台圣泉

一木走了，但我依然感谢他从西宁这一路的相伴，愿他以后的骑途平安顺利！天地苍茫，岁月流长，人生何幸，还能有一段相惜相伴的时光，这已经是机缘中的机缘了，还有什么不满足的呢？

来到纳赤台，我在道班住下。显然，我到得比较早，室中的五六个床位还都空着；虽说简陋一些，但有开水供应。我说这话，可能许多人不能理解；青藏线上，地僻人稀，土干气燥，能喝上开水，应该是一件很奢侈的事情了，水很好喝，忍不住夸了两句。老板说："这就是昆仑神泉里的水，出了我们道班的院子往左拐就到神泉了，这可是青藏线上一道最美的风景，可不能错过哟！"

老板是一个很有素养的中年人，说话和气，一口气给我普及了许多有关昆仑神泉的常识。老板的煽情，让我迫不及待地背上相机和三脚架走出了道班……

神泉在109国道的旁边，昆仑河北岸的一处被称之为纳赤台的凸起的高地上，有好几个出水泉口，汩汩地涌淌；此处竟有如此万年喷突不息的清泉,怎能不让人惊憾于心、浮想联翩呢?

科学的解释是,玉珠峰和玉虚峰等冰川溶水渗入地下岩层,形成一些地下水库,恰恰在纳赤台这个地方的岩层有了通向地表的缝隙,加上这里的海拔较低,内压很大,泉水便沿着这些缝隙夺路而出,常年不断,即使是隆冬的酷寒天气,也喷涌不止。

相对于科学的解释,我更喜欢充满传奇色彩的民间传说,因为人们总是喜欢把大自然的奇迹与人世间的伟业丰功,诗意地联系在一起,所以,便有了天人灵通、物我为一的道韵哲谛;神话,往往就是人类精神的自我嘉许;人们的内心深处总是充满了自我超越、自我救赎、自我实现的渴望,而神话便成了这种渴望的最富有张力的载体。

关于纳赤台的神话传说有三个版本。

其一,文成公主远嫁吐蕃王松赞干布,大队的人马走到这里的时候,暮色降临,便决定在此扎帐宿营,不幸的是昆仑河正因旱季断流,人饥马渴,但也无计可施。当时,文成公主从唐朝带来的释迦牟尼的等身佛像,就安置在河边这片高地上。第二天黎明,人们惊异地发现,佛像的身边出现了几处涌泉,队伍中几个随行的藏胞,认为这是佛祖显灵,便激动地高喊:“纳赤,纳赤!”意思是有清泉喷涌的佛台,从此,这个地方就被称为纳赤台,即藏语,受佛祖的点化而泉涌的高台。

其二,当年成吉思汗率大军征服西羌(当时人们把青海和西藏称为西羌)的时候,大军驻扎于此,因为地赤岩焦,缺乏水源,兵将都干渴难当,苦不堪言。见此情景,成吉思汗策马登上高台,对天长啸:“上苍若助我成功,必不会置我于死地!”说罢,用手中的巨斧猛戳地面,岩破之处,清泉涌流,成吉思汗与士兵激动地齐声高喊:“纳赤！纳赤！”即蒙语，助我成功的神泉。

其三，当年周穆王西巡，在昆仑山中遇西王母，两人一见倾心，在瑶池日日欢饮；几个月后，王母说：“你毕竟是一国之君，这里可不是你的久留之地啊！”周天子虽然是恋恋难舍，但也只得回国履职，当王母送他到这里的时候，让侍女为周穆王奉上长生不老药，并吩咐他一定要用纳赤（应该是古老的羌语）之水服用；周穆王不知何为纳赤之水，王母便往他们站立的高台用手指向下点了点，便有一股股的清泉喷涌而出，意思是告诉他：纳赤之水，便是清冽的泉水；后来，周穆王吃了王母的长生药，升天成仙，是不是也来到了昆仑山中王母身边呢？

纳赤台神泉是大自然的杰作，神话是人类的杰作，两者相映生辉；自然无语，但人类却赋予了她某种精神。其实，关于纳赤台的神奇传说，并不止这三个版本，但是，这些传说却赋予了纳赤台共同的灵魂……

我徜徉在昆仑河边，饮着神泉之水，品味着神话传说的精神或灵魂的内涵……

趣思风聊

7月19日　青藏天路

在纳赤台小镇的餐馆里吃了早饭,就一个人上路了。其实,昨晚在道班住宿的还真有几个骑友,可他们选择的是从拉萨骑往西宁,无缘为伴。我本为“孤狼”,不过是还原了本色而已,有伴儿只是多了一份相互的关照,无伴儿也要有能照顾好自己的信心;成就人间的任何事功,都不可能拥有完美的条件,也做不到完美。所以,即使残缺,也要一往直前,岂能因为没有旅伴而放弃旅行?不管看上去多么完美的失败,都不如瑕疵斑斑的成功!

骑行青藏天路的人,如果与骑行川藏线的人相比,简直就是寥若晨星,极难遇到骑友,天空地阔,山寂丘谧,一个人上路,这一天就只有你一个人在路上晃悠。落寞吗?看上去是有一点,其实呢,在这落寞的背后却有另一种更丰富的存在!

从纳赤台一路,我便沿着昆山河谷逆流而上,一直在爬坡;有时谷狭路窄,断岸在旁;有时地阔山空,别有洞天;有时雪峰隐隐,似乎让你听到了某种神秘的呼唤。我感觉自己犹如一头孤狼,在充满着原始气息的荒原上奔跑，天空一碧如洗，峰岳绵绵冷寂，只有像我一样悠然而行的流风与我飞扬的思绪在畅聊：

风说："你孤独地行走，到底追求什么？"

我说："岁月荒荒，不从我始；时光悠悠，不从我终。既然偶得大质，何不风流一生？草木一世，尚有三春吐华之浪漫；鹰鹞巢崖，尚有唳天高翔之猛志。人生于天地之间，得造化之魂，承宇宙之灵，接自然之精，思如转环之日月，动似生翼之龙虎，怀揣荆玉随珠之绮才，身有百岁昌寿之天年，奈何要受缚于一枝，终老于一窟呢？

"天生地养，秀材林立。我虽属漏筛之珠，瑕砾之玉，但终不敢辜负造物生养之美意，父师教化之大德。心惶惶，魂孜孜，虽不敢妄言谋幄王事，经伦国家，但修养自身，问道叩玄，却不敢有半点虚假。居家读书万卷以明理，旅路冥参万象以契机。大仪诗书，大块文章，绝学无学，非苦学力读不能臻其极。大道无道，必穷道远旅方能尽其法。侣山而得山之旨，伴水而得水之谛，林阿苍苍，大漠恢恢，行路无数，万走一归，明心见性，妙意融融！得生命之真趣，拾人间之仙逸，不求安能浪得之？"

风说："心有同感，意有同愿；我虽起于青蘋之末，长于谷壑之间，犹以日光为魂，以月色为魄。吸天地之精气，纳造化之元真。行走虚廓，探幽索微。纵跨千峰，横踏万波。方得鼓吹之奇艺，逸奏万籁之和歌；有趣自有乐，有命自当求得与天合！今得与子同游，可心可意。我们身不同形，志却无别。道于万物，同德同趣啊！我虽无资财相赠，但有扶摇之力，可送君一程！"

哈哈哈，逸想闲思之际，果然顺风劲吹，好不快哉！

三岔河谷里的幽幽道韵

7月19日　三岔河谷无极龙凤宫

出了纳赤台，虽说是沿着昆仑河逆流而上，但是，其落差并不大，也算得上坡缓路平，自然踏得两轮车呼呼带风啦，只是在这天迥地僻之间，一个人的骑行，是不是有些太显眼了呢？物以稀为贵，虚廓无边的莽野上，只有我的独舞，虽然小如音符般的跃动，但对于苍冥之上的众神来说，一定觉得是一道大风景！人生于世，不但要学会欣赏身外的世界，更要学会欣赏自我带给这个世界的瑰美！

宇宙万象慰我心，
天地更惜有我身；
笔下风流曲千阙，
尽得大化殊妙音！

尤其是骑行在青藏天路之上，那一路的绝伦美景，怎能不带给旅行者一路诗意的感慨呢？特别是一个人在这样的途中之时，自信、自强、自卓之美，更会氤氲于胸臆，豪荡于魂魄，因为天地的大美，确实需要大造化的人才能承受之！细细地想想，能有多少人敢于从这样绝美的立体画卷中骑行穿越？

赏罢昆仑河谷的风景，上午10点多钟，又骑入了发源于昆仑山北坡冰川融水的三岔河谷，水流不大，但谷旷岸耸，气象非凡；顺着河谷望去，几座白首高耸的雪山清晰可见；远山之下，峭岸之旁，竟然存在着孤零零的一座以红色为主调的寺观，神秘地坐落于空谷之中，仙气氤氲，如梦如幻，若是再有点雾气笼罩，你真不知道这是天上还是人间了！

惊！真的让人有些吃惊！苍旷荒廓之中，怎会有这么一个建筑呢？别是哪个神灵有意点化的虚像吧！

在好奇心的驱动下，我加快了骑速，爬上了一个坡后，车子直放到了建筑物的大门前，青灰色的石牌坊上，大写着：无极龙凤宫。这是一个开放的两层道观，面向河谷，背依断崖，红明柱，琉璃瓦，飞檐高挑，轩铃叮当，仙曲轻奏，道歌隐隐；老子的《道德经》刻石，立于观前的广场上；特别引人注目的还有一个一手托宝剑、一手拿八卦令旗的老者，他是谁？

正疑惑间，一个道士正在附近闲走，便迎上去向他打探。他说，这是姜子牙，曾在无极龙凤宫修炼60年；有一天，师傅元始天尊对他说："如今纣王无道，天下正处于水深火热之中，人心思泰，西伯侯姬昌仁德布于四海，已是民之所望，你就下山去助他一臂之力吧！"

姜子牙说："我气机虽通，但长生之术尚未炼成，不愿攫取什么人间的利禄功名。"

元始天尊说："天命难违，玉帝亲自点将于你，拯救天下苍生，岂有讨价还价之理？”

于是，元始天尊授他玉帝亲赐的混元宝剑和八卦令旗，从此拉开了他轰轰烈烈一生的大幕，也在中国的历史上，为昆仑山混元派的道场无极龙凤宫添上了至伟至威的一笔！

听罢道士的解说，我感叹不已，忽然耳边传来如打雷般的轰隆声，便忍不住问道：“师傅，这是什么声音？”

道士说：“怀珠韫玉，川媚山辉；三岔河之所以灵气氤氲，正因为她是昆仑玉极其重要的产地。知道吗？2008年北京奥运会奖牌所用的昆仑玉，就来自三岔河谷，其蕴藏量极为丰富，品种有白玉、青玉、青白玉、翠青玉和烟青玉，其中的翠青玉最受追捧。因为这些玉石都藏于坚硬的岩石中，开采极为困难，所以，常常要钻眼放炮，刚才的声音就来自离此不太远的采玉场。”

道士的话，让我深深地赞叹道：“怪不得道教的祖庭无极龙凤宫选址于此，原来这里玉韫山辉、珠沉川媚啊！”

道士黑衣飘飘，翩然远去，我凝视着昆仑山下、三岔河谷中的姜子牙塑像，轻轻地吟道：

幽幽空谷，重重峰巅；走云连风，气象万千；身置昆仑，神飞九天；玉孕灵光，道坛渊源；仙曲袅袅，龙歌款款；洗雪精神，意攫混元；不入红尘，焉列仙班？修得真性，自在无边！

遐 思

7月19日 昆仑山下，三岔河谷

如果说三岔河口的无极龙凤宫，是昆仑山下的一颗璀璨之珠的话，那么，河谷深处的雄艳气象，则更是星月交辉，美不胜收啦！

出了无极龙凤宫，骑行于峰耸岳峙的空峡之中，玉珠雪峰之圣境已遥现于眼帘，让人兴奋，唤人前行；林立的雪山，雄宏的冰川，可以说是让每一个骑行者最撼魂动魄的风景线，也是他们勇于选择天路之旅的动力源！你读什么书，你交什么友，你走什么旅行路线，无疑是你内在灵魂的具现……

谷壑有大美，危梁亦生辉；距无极龙凤宫不远，就是一座横跨三岔河两岸的特大桥，墩高入云，长约千米；如弋天的飞龙，舞于冰川纵横的玉珠峰前；似卧云的彩虹，展示着姿影懿懿的万千威仪！

人从桥下走，景自天边来；幽幽的空峡之中，仿佛仙门渐开，愈是接近玉珠冰峰，愈是能感受到她那如梦如幻的瑰丽，大气磅礴，美轮美奂；此时，我觉得自己要做的事情，恰恰不是飞奔向前，而是在行走之时慢慢地欣赏，尽情地享受，大快朵颐。这是天地之间，真正的视觉大宴，心灵的珍馐盛馔。细细地品，轻轻地嚼，路过而不错过，遐历而不忘却。一路之上，饕吸餮饮，但又拥而不有，富而不奢，这便是旅行者从大化自然那里所获得的至高至纯的精神之臻境。

所以，与其说是在骑行，不如说我是一直在寻找摄影的最佳视角和景深。一个人的骑行，就是这么的自由自在，自得其乐。走走停停，拍拍摄摄；心灵是镜头的主宰，那清脆悦耳的“咔嚓”声，真的就是天、人、机合奏的丽曲妙音。谷空地阔，云淡天青，无俗事烦扰，无欲念袭侵，可以与山对话，可以与心轻语，但更多的还是魂入画中，论禅无禅迹，说道无道痕，一切都在造化自然的大象之中，是否已入了得象而忘言的境地呢？

宏阔的三岔河谷，山岸如琴，闲云似歌，在亿万年的岁月里，一直都在玉珠峰前鸣奏着赞颂神山圣水的旋律，谁曾在聆听中陶醉过？这天地之间，叩动你心弦、感动你灵魂的大美，必将成为你生命原野上一朵朵永恒不凋的莲花，并且，这朵朵莲花，还将在你生命的世界里，永远弥散着异样的芳香！

水随山转，路随河曲，109国道常常与青藏铁路并行或交叉，汽车呼啸，火车隆隆，看上去无不有着使命般的疾驰，那么，我的使命是什么呢？

人的可贵之处，就在于他是被造物赋予了灵性的生命，懂得以道立魂，以智立身；懂得把握张弛有度的生活节奏，动静相承的生命节律；懂得创意的开拓人生，智慧的成就自我；懂得以有字之书明理，以无字之书契道……

我行走在昆仑山下的三岔河谷，我凝望着烟绕雾缠的玉珠雪峰，在这样一个虚廓的空间里，我知道自己非常非常的渺小，如河谷里的一粒沙，我也知道弥漫这虚廓的道很大，很大，雍塞于整个宇宙，但是，一沙一须弥，一花一世界，悟了，我们就是一个与道相通的小宇宙，我们就是道的化身！

悟了吗？如人饮水，冷暖自知！

第五辑

邂逅

如果你想感受卓越的人生，那么，你就去创筑非凡瑰丽的大梦；如果你想感受霸气凛凛的绝景，那么，你就到玄韵独具的青藏天路去旅行！高度的意蕴，就是高妙，就是臻境，就是极致！这样的高度，你一旦拥有，她就是你灵魂世界里的一座永恒的琼峰玉巅，就是你生命原野上的一道辉光闪耀的圣境！

邂逅

7月19日　三岔河，西大滩

大约下午两点半的时候，我骑到了玉珠峰的冰川之下、三岔河畔的一个叫西大滩的地方，只见河谷宏阔，溪水纵横；涓涓细流，曲曲交错；碧空如洗，琼宫兀立；皓皓皑皑，嶷嶷峨峨；雪峰如朵朵盛开的莲花，摇曳于天海；冰舌似条条遒健的玉龙，雄舞于穹壑；雾变云化，或隐或踪；仙气氤氲，灵域铺呈。瑰景在前，心醉神融，哪里还有什么行意去念？

我停车路旁，色迷心狂，兴奋异常，手持相机，正陶陶然忘身于何处之际，突然听到一个声音在身后响起："大哥，今天还走吗？"

我回头一看，是一个圆圆的脸上有一双大眼睛的姑娘，而她的身后，停着一辆银灰色的轿车，我觉得她应该是一个自驾游的车主，便笑了笑，声音里还透着掩饰不住的兴奋说："不走了，不走了！来到了这样的仙境神域里，还走就是傻瓜了！"

女孩伸出大拇指，连声赞叹："大哥好兴致，好兴致啊！"

我向她笑了笑，心想："你也不错，一个愿意在此流连的女孩，肯定也有一个诗趣蕴藉的情怀了！”这话刚想说出口，马上又想到：人家是轿车族，咱是单车族，不过是擦身而过，有什么好聊的呢？

于是，我说：“我得先去找住宿的地方了。”

西大滩虽是一个很秀珍的小镇，但却有一个很大的客栈和餐厅，因为这里方圆二三百里荒无人烟，小镇自然就成了来往商旅打尖或住宿的地方了，除此之外，每年也都有很多的登山爱好者，来到玉珠峰下的时候，都是在这里先修整。当然，客房里差不多都是高低床，每个房间可以住下八至十个人呢。行走在青藏这一线路的旅行者或司机，估计都不敢有太奢华的欲望，特别是像我们这样的骑行者，一路的风景很美，但一路的骑行很累，晚上到了落脚之处，能有口热饭吃，有张可睡的床，已经知足了；旅行探险者喜欢调侃自己说：“心在天堂，身若流亡，大块美曼，不饱饥肠。”所以，旅行者的天堂，是为精神提供盛宴的地方，而非物欲的满足之所。

住下之后，在自来水管前洗了把脸，便背上相机和三脚架，准备直奔公路另一边的三岔河谷想到，河谷对岸的玉珠峰冰川去。

出了客栈的门，竟然又碰上了刚才相遇的妹子，我说：“你好啊，你是自驾游的吧？”

她说：“什么自驾游啊！我和你一样，是骑行青藏天路的骑行客！”

听了她的话，我知道是那辆车让我产生了对她身份的误判。我说：“就你一个人吗？”

她说：“本来有伴儿，可昨天到这里，他们都不想住，走了。”

“那你为什么不一起走？”

她的脸上流露出一丝嗔意，说：“这些人只知道骑！骑！骑！一个个都像狗撵的兔子一般拼命地跑，真没意思！反正都是网上约的伴儿，道不同，就分呗；我和他们说拜拜啦！”接着，她又幽默地说：“在这仙境一样的天路上，我更渴望能有一个像乌龟陪王八一样的谁都不怨谁慢的伴儿呢！”

我听后，哈哈大笑，说：“这话虽粗，但理却不糙。其实，我本来也是有一个伴儿的，但人家嫌咱慢，走啦！”

她说：“刚才一见面，我就知道大哥是一个有情致、有意趣的人，一听大哥的笑声，就更是一个爽快之人了。我在这里等了一天，就是为了等一个意趣差不多的人，如果大哥不嫌我慢，就带我一起走吧！”

我笑着说：“那我们就来个乌龟伴王八，慢慢地吞食这美景吧！”

同是天涯沦落人，相逢也得有称呼；随后，我们相互作了自我介绍，知道她是一个还在读大三的学生；我说：“我就叫你小圆吧。”小圆说：“人家一定都是叫你王大哥，我就不随俗，叫你大飙啦。”

说心里话，我倒是很喜欢这样一个有个性的女孩子呢！

大美气象

7月19日 西大滩

人在天涯流浪，相见便如故友重逢；我喊她一声“小圆”，她喊我一声“大飙”，彼此并不觉得有什么唐突，忍不住暗暗想起一首禅诗：“三生石上旧精魂，赏月吟风不用论；惭愧情人远相访，此身虽异性常存。”如果人们的心灵深处有某种节奏相同的律动，就应该有这样的一种感应吧。

想到这里，笑意便由心里泛到了脸上，小圆说：“大飙真是一个喜欢笑的人；都说爱笑的男人怕孤独，你怕吗？”

我说：“现在有小圆陪伴了，我还怕什么呢？走吧，我们去三岔河谷里转转，美景当前，还有美女在旁，这下更加彰显了我相机的价值和意义了。”

小圆说：“前面一段时间，跟着他们一起骑，每天都像比赛的一样，只知道往前钻，路上想照个相的时间都难有，现在好了，大飙的单反相机很棒，摄影技术一定更棒！我虽算不上漂亮，但大飙一定要把我照得漂亮些哟！”说着，还把三脚架拿过去背在肩上。

我笑着说:“山高不是人砌,花美不靠染色,镜头里光彩照人的小圆,怎能不是你的自然影姿呢?”

说着话,过了109国道,我们走进了细流纵横、谷宽数里的西大滩,滩中碎石遍铺,溪水随意,支支叉叉,分分合合;流水滋润的大河滩里,青草茵茵,不时有羊群游移而过,有几户牧民的帐篷,就扎在谷中的高地上;青藏铁路犹如一条长龙,把西大滩从中分开;透过铁路,遐望对岸,蓝天下的雪峰重重耸立,迤逦的冰川,仿佛就要探头到河滩里了……

西大滩,西大滩,怎么形成的这一道如此诡异的景观呢?我自语般地唠叨一句。

小圆说,她上午在班道那边盘桓的时候,曾听一个带团的导游说,这一带曾是青藏高原崛起时的一个大断裂带,两个大陆板块,在此相互切磋,冰河末期以后,曾经历了两三次的碰撞、拉伸和冰碛的填充,从而形成了这样一个独具美韵的滩地。因为在格尔木附近也有这样的一片滩地,所以,就分别称作东大滩和西大滩了。

听了小圆的介绍,我深深地叹了口气说:“特异的经历,必然造就殊异的大美;同样的昆仑雪山,同样的三岔河谷,一路行来,美则美矣,但却有千人一面之嫌,唯独到了西大滩这个地方,刹那间,让眼睛顿亮,气象一新;纵横的水流,空广的滩地,茵漫的牧场,如莲的雪峰,似龙的冰川……构成了一幅多么的雄艳的立体画廊啊!置身其间,心诗漫卷,人与自然,还有比这更浪漫的相遇吗?”

小圆说:“大飙说的这些,仿佛也是我此时的心境呢!”

我说:“大化不语,处处显道真;万象不言,时时演世法;人生在世,我们只有去经历一些非凡的历练,生命中才能透出卓异之美;比如我们青藏天路的骑行，在全国的范围内，能有此经历者肯定是万不及一，所以，这一路天地大美对我们灵魂的浸润和骑途艰辛的磨砺，一定会沉淀于我们的气质中，盘活于我们的命运里，闪光于我们渴望成就的功业上；有了这样的经历，面对曲折坎坷、得失成败，你将不再有畏怯之心；面对功名利禄、荣辱黜陟，你将有一颗泰然之心，因此，我们今天的所有经历，必定是日后构筑我们生命大美气象的重要元素！”

小圆说：“大飙这话说得，真有诗家哲人的范儿啊！”

美丽而危险的少女

7 月 19 日　西大滩

格尔木的海拔是 2800 米，经纳赤台至西大滩，海拔跃升到了 4200 米，高原反应还是非常的明显，头有些眩晕，走路轻飘飘似驾云一般，所以，我和小圆在溪流枝枝杈杈、分分合合的河滩里，不敢跑，也不敢跳，悠然而行，总是寻找水流最窄处迈过；原本就是为慢品细赏这里的大美风景而来，急什么呢？

高原反应有一个最大的好处，就是总能让人处于兴奋状态，如饮者的微醉，亦如咖啡、大麻一样的饮品带来的欣快感，脑电波异常活跃，很容易让人进入如梦如幻的境界；人们把昆仑山称作中国神话的滥觞之地，估计就是因为高反给我们先人带来的创作灵感吧，当他们来到西大滩，仰望冰峰绵亘的玉珠峰时，一定会浮想翩翩，西王母就在他们充满了幻觉的视界里诞生了，周天子巡国与西王母邂逅于昆仑山的浪漫故事诞生了；老子西出函谷后，史书上记载：莫知所终，但是，在他们有些眩幻的视界里，却看到了老子在昆仑山中开辟了修道的福地洞天……

在神话的世界里，玉珠峰还有一个名字：美丽而危险的少女。这里有什么故事呢？据说，有一个叫唐生的后生，路遇一个极其美丽的女孩，她自称玉珠；两人一见钟情，唐生就把女孩领回家，纳为妾，这当然激起了妻子的嫉妒之心，她暗自贿赂一个巫师，巫师就告诉唐生和他的家人，说玉珠是狐妖，是美丽而危险的少女。唐生的家人听信了巫师，再加上妻子的挑唆，就开始斥逐玉珠，唐生也痛苦得不知所从。有一天，玉珠对唐生说："既然唐家不能容玉珠，我就走了。"说罢，便不见了踪影，唐生深信玉珠真是一个美丽而危险的少女，并叹道："果为狐妖！"然而没过几天，一个道士看到唐生身上有仙气氤氲，惊道："这段时间，你是不是和一个叫玉珠的姑娘在一起？"唐生说，是啊！然而，当道士听了他的讲述之后，叹了口气说："玉珠姑娘本是昆仑山西王母的女儿，因为爱你，本想度你们全家为仙，竟然被你们当成美丽而又危险的少女给斥逐了，可惜了，只要满一年的时间，你们就可以和她一起升入仙界啦，可惜了，可惜了啊！"

也许，在每一个男人的心里，都会暗自渴望能拥有唐生那样的好运：邂逅一个美丽而危险的少女！但是，每一个来到了玉珠峰前的男人……还敢有这非分之想吗？

高 度

7 月 19 日　西大滩，玉珠峰

仰望着眼前与白云共舞的玉珠峰，难免不唤起人们心灵深处某些诗意的曼想……

如果你想感受卓拔的人生，那么，你就去创筑非凡瑰丽的大梦；如果你想感受霸气凛凛的绝景，那么，你就到玄韵独具的青藏天路去旅行！高度的意蕴，就是高妙，就是臻境，就是极致！这样的高度，你一旦拥有，她就是你灵魂世界里的一座永恒的琼峰玉巅，就是你生命原野上的一道辉光闪耀的圣境！不管在俗世的生活中，你有多少的嫉妒者在试图想把你贬低到尘埃里，但是，你的高度就在那里，她永远都有着逸尘拔俗的美丽……

如果有一天，你也像我一样站在披雪拥冰、极顶摩天的玉珠峰前，你也一定会被她那雄极艳绝的瑰美所深深地感动和震撼，你从内心深处渴望能有一次登峰造极的攀陟，渴望能有一次与极峰比肩的感受，然而，你知道自己的能力有限，除了对这个高度所拥有的大美深深的景仰之外，那就是把这种对高度之美的渴望转化成一种内驱力，在生命的岁月里，去默默地完成另一种登攀……

是的，人生不仅仅只有庸凡或苟且，也不仅仅只有仰望和钦崇，还有创意的开拓和智慧的登攀；开拓是为了生命的自由度，登攀是为了视野和境界的高远；走出了小我，你才知道大千世界的万象风流；勇登卓拔之峰，你才能享受到禅诗道韵的琼花浪漫。

自然的高度，如果说让人难胜其寒的话，那么，人生的高度，带给生命的应该是暖！

人生有了高度，他自然视野开阔，境界高远，识度非凡，襟怀如山一样的厚实，气概似云一样的舒展，精神之花飘香，灵魂之曲悠婉，不弄聪明让人如芒在背，只展智慧惠人如饴甘甜。他深深地懂得："天行健，君子以自强不息！"他更懂得："谦谦君子，卑以自牧！"因为他明白：高度之鼎，必须挺立于德、识、才、学的四足之上，才能稳而不倾，美而不饰。人生的高度，既是德识才学的自化之用，亦是德识才学的自化之功。自化，才能化人，自己有了高度，你才会有"穷则独善其身，达则兼济天下"的自信，才会有"白雪唤阳春"的高妙意趣！

老子说："不出户，知天下；不窥牖，见天道。"这话的内涵，其实，就是在告诉我们：认识和修养达到了一定的高度，你就能推演出事物发展的规律，了解天下的动向，把握成败的枢机，明了福祸的缘由……攀登人生的高度，也像攀登自然的高度一样，不可能人人都达到极致臻境，但是，我们向上的每一步，都能让自己看到不一样的风景，感受到不一样的美丽，享有不一样的人生妙趣！记得某一个哲人说过：苟且者，不能创造生活，创造生活的人，一定是那些不停地攀登和进取的勇敢者！

在有高度的地方思索高度，也算是一种诗意的快乐吧！

· 玉珠逸想

7 月 19 日　西大滩玉珠峰

西大滩的瑰美，如果不是身临其境，只凭文字真的很难描摹于万一，所以古人才有“语言难尽象之韵”的感叹，这正是因为象之内涵的丰富与语言表达的窘迫，形成了鲜明对比的缘故；但是，古人又有“尽象莫若言”的论说，因为意奋自然笔纵、情溢自然神出；言、象、意的悖论，虽然还会继续演绎下去，但是，我有一个不会被这悖论束缚的灵魂，在青藏天路上的万象峥嵘之中，我会以情为墨，纵笔写意，让每一个文字，都化成灵性飞扬的音符，与之共奏一曲大美山水的交响诗……

我和小圆一边欣赏美景，一边不断地调整着相机的角度和景深，“咔嚓咔嚓”地拍摄不停；我们拍摄让人迷恋的风景之时，也常常通过镜头把自己融入其中，小圆说：“这不是自恋，而是融身大化，增色自然，宇宙万象，美则美矣，无人则灵性不彰，所以，古人的山水画，潇洒泼墨，势凌十方，但都有人物点缀其间，就源于此；天路之上，大美无边，为了增其灵气，就让我们作这样的点缀吧。”

当我们走到穿越西大滩的青藏铁路旁的时候，高高的护栏阻住了去路，以为只能到此为止了，正感叹之时，突然，远远地看到有几个人影从铁道边闪出来，小圆说："大飙，你看，那边肯定有通道可以过铁路的。"

迎着那几个人走过去，很快便看到铁路下的涵洞。这几个人是登山爱好者，其中还有一个女孩。小圆问她："这里距玉珠峰有多远？"

那女孩说："有七八公里吧。"

小圆伸了伸舌头说："看着就像在眼前似的，竟然还有这么远啊！你们爬到峰顶没有？"

女孩和那几个男士交换了一下眼神，笑了笑说："可惜没有完成登顶。如果你俩准备登玉珠峰的话，我建议你们还是选择从南坡上，那边的登山路较为平坦，不像这边，坡陡路峭，冰裂惊心，我们的装备不足，没敢过于冒险。"

一个男士说："凡是极美的东西，便极具诱惑，更深藏着极度的危险；虽然玉珠峰被称为登山者公认的最佳启蒙路线，是渴望极限攀登者最初级体验的天堂，但是，到目前为止，已经有十多个登山者真的由此去了'天堂'再没有回来，启蒙路线和初级体验的玉珠峰尚且如此，那么，人们常常把海拔在7000或8000米以上雪山的登临，称为死亡之旅，也是可以理解的了。我们这次虽没有登上天堂，但我们回来了，呵呵，也算是体验了一把。玉珠峰有'美丽而危险的少女'之称，我想最初把这称呼送给她的人，一定是登临者在惊魂甫定之际由衷发出的感叹吧，因为这危险，哪是远远地欣赏她的美丽之人所能感知的呢？"

告别了那几个登山者，我们走到了铁路下那个很宽敞的涵洞，不远处还有一股股分散的溪水从这些涵洞中细细地流过，钻过去，又是一片天地；滩中水流纵横，岸上牧草如茵，道道冰川如在眼前，座座雪峰仿佛伸手可及，小圆忍不住深深地叹道："此时此刻，此情此景，我好想好想融身于那雪巅之上啊！"

谁不想呢？于是，仰望着玉珠峰，我轻轻地吟道：

如果有一对翅膀，
我一定飞上云端；
走入神女的琼宫，
和她把酒言欢；
周天子的故事，
可否重演？
天上人间，
谁不渴慕诗意的浪漫？
高山流水，
绕不开红颜蓝颜！
奏一阕仙凡恋曲，
千古流传……
对玉珠而逸想，
空怀曹植之兴叹！

小圆说："大飙的诗兴激荡，何不仿曹子建的《洛神赋》，也来一篇《玉珠神女赋》？"

我哈哈一笑说："有曹植的神妙之思，却无子建的八斗之才啊！"

拜山台前论道

7月20日　玉珠峰，拜山台

因为今天要翻越海拔约4800米的昆仑山口，7点前便起了床，吃罢早餐，我对小圆说："今天要出大力，体能的消耗要严重一些，一人备一罐红牛吧。"这话正好被老板听到了，他双手一摊说："两天前，红牛就卖完了，还没来得及进货呢！"

小圆说："估计都是骑行者和登山者买的吧。"

老板说："还是司机买的多，因为青藏线上，大都是空旷寂寥，一望无际，开车容易犯困，老司机都会备下几罐路上提神。"

出了西大滩，明媚的晨光里，迎接我们的便是路旁的一道道如狂涛般汹涌而下的冰川，有的已把冰舌差不多伸进了三岔河谷之中；天碧如海，山耸如礁，冰川似条条虬龙，腾跃于其间，霸意凛凛，雄气绵绵；空旷的峡谷，似一轴凝聚了乾坤之华的立体画卷呈现在人们眼前，你穿越其中，内心深处氤氲的不是感动，而是意不能倾、口莫能言的震撼！是震撼之后入机入玄的大彻大悟！作为一个天命难足百年的生命，能够在这一刻，目睹造化于亿万年间合道契禅的艺术创意，这是来自上苍何等的恩宠啊？旅行者，不，准确地说应该是天地大美的朝圣者，他们历尽千辛万险之跋涉的伟大意义，不正在于此吗？

距西大滩不远处的冰川之下的路边，有一座拜山台。昆仑山是东南亚各国混元派的祖庭和道教的福地洞天，每年都会有大批的道教徒来此朝谒；相传，上古时期，凡属昆仑一派的道教传人，其契道入机的境界，都必须得到西王母的印证，方能主持宫观，收徒宣法。出于好奇，我们骑车过去看了看，台上台下，空静一片，红墙之上有一处写着拜山大典的祭文，忍不住多看了几眼，感觉气势磅礴，吟咏道：

稽古鸿蒙，混沌玄黄。昆仑出世，巍巍莽莽。龙盘西北，逶迤洪荒。横空摩天，皑皑朗朗。玉鳞蟠爪，素裹银装。玉虚玉珠，神境琳琅。仰通九霄，俯吐三江。脉络五岳群峰而为万山归墟，孕育九州文明而成河岳灵藏……

小圆说："外国人的宗教仪式，都是在教堂里完成，为什么中国人喜欢拜山谒水祭祖先呢？"

我说，中国人的心灵信仰，是根源于超越神灵之上的道，是在大宇宙观的层面上。西方人有上帝创世之说，而我们的祖先上古之人伏羲氏，以其灵妙的炬眼和超绝的智慧，观天象，察地理，近取诸身，发现了世界未创之前，不过是一团阴阳未动的混沌之气，阴阳一动，鸿蒙顿开，日月始明，万物始生，星辰列天，山川布地，一切的一切，都化而有序，变而不乱，就是因为冥冥之中，有一个道在主宰着宇宙，小到原子的生灭，大到天体的运化，无不在这个道的节律之中。后来，周文王依此推演八卦，著有《易经》。孔子依此建立了人道（仁道）的学说，有《论语》和诠释《周易》的《十翼》，从而衍生出了中国的儒学。老子依此建了天道的学说，有《道德经》一部，道教便由此而衍生。周文王的《易》，孔子的儒和老子的道，共铸了华夏的民族之魂和绵延不绝的伟大文明。所以，我们拜山谒水祭祖先，就是为了不忘道源，不忘根本，并继承和发扬《易》的龙马精神，儒的仁恕精髓和道的不朽智慧！

小圆说："原来如此！"

我说："在中国，道与禅，有许多相通之处，都主张'大化无语，万象说法'，其源头就在'人法地，地法天，天法道，道法自然'，所以，读懂了自然，你就契了道；有字之书，往往是指'道'的手指，大块的文章，往往直透道旨，这也是古人要我们读万卷书、行万里路的大智慧之所在！因此，人们能不崇拜大化自然吗？"

小圆笑着说："大飙厉害！你的话，让我感受到自己的旅行，又上升了一个层次。"

激　励

7月20日　青藏天路上

从西大滩到昆仑山口，大约有40公里的路程，海拔要提升近700米；告别了拜山台，我和小圆就一直沿着三岔河谷逆流而上，行走在昆仑山的玉珠大峡谷里；河滩上，山坡上，只有一些绿色隐现、似无还有的草皮，稍高一些的灌木早已不见了踪影；天荒地老之间，披挂着晶莹冰甲的玉珠群峰，在云丝一缕不染的碧空下，更显得炫目耀眼，霸意凛凛，威仪万千……

因为是上坡，根本就骑不快，码表显示的都是个位数，看着来往如闪电般穿梭的各种汽车和偶尔隆隆驰过的火车，我们两个寂然向前的骑行者，宛若古代的两个侠客，穿越到了现代化的光影时代，有一种被速度嘲笑的意味；但是，快有快的节奏美，慢有慢的悠逸韵，比如骑行在这古老的冰川遗存到今的峡谷里，虽然骑行者像两个极不起眼的小音符，但是，这音符在得到了大化殊胜之美的润泽后，一定会因此而在他们的生命之曲中，奏出最激越昂奋的旋律！

离开了河谷，玉珠峰也渐行渐远，山峡更窄，路坡更陡，骑车没有推车多，苍苍茫茫之间，似乎只有自己吁吁如牛的气喘；这里海拔高，氧气少，任性不得，也不得任性，如果你想知道什么是无奈，那么，你骑车去趟西藏，便能悟透这二字的深刻内涵；不要狂妄地喊叫什么人定胜天，其时，在你冲击只是属于自己的生理极限的时候，能默默地祈祷，希望上天能给自己一份平安，你就应该谢天谢地了！中国的《易》，把大化宇宙之源称为太极，太极而无极，你冲击的只是人类自身的极限。

爬了几个小时的坡，小圆终于累得有些崩溃了，忍不住抱怨起来："这是什么路啊？咋都是没完没了的爬坡啊！"

我说："小圆啊，你如果骑了川藏线，估计你就不会抱怨什么了！"

"为什么？你骑过川藏线吗？"

我说："川藏线上，山高峡深，每翻越一座山，落差几乎都是在1000至2000米之间，并且，还都是上上下下，没完没了，坡度常常都在筑路的极限值上，在这样的坡度上，大货车一般都不敢走川藏线进藏，对骑行者来说，就更是绝大的挑战；从川藏线的起点成都，出发者众多，真正能骑完多全程者寡，对于女孩子来说，由于体能的原因，就更为鲜见；我是去年骑的川藏线，所以，骑在青藏线这样的坡度上，感觉就是小菜一碟！"

小圆说："大飙威武啊，川藏线你都骑过来啦！我就是听说川藏线上的骑行难度，淘汰率能达到90%，自觉难以超越这个90%，所以，才选择了骑行青藏线，没想到还是有这么大的难度！听了大飙的话，我不怕了。在学校，我一直都以喜欢骑行运动自居，现在有大飙作榜样，我一定会完成青藏天路的伟大穿越！"

我说："挑战极限，确实要有一定的生理和心理的资质，不是靠一厢情愿。几年前,我有一个骑友,意气风发,信心满满地和我一起去骑行穿越大别山，在骑到距天堂塞还有16公里的燕子河大峡谷的时候,身体不支,意志随之崩溃,我们只好从燕子河大峡谷乘车返回。对于小圆你,我一看就知道,你是女孩子中的皎皎者,不但有棒棒的体质,还有丰腴的精神,我虽不敢说你能骑完川藏线的全程,但我可以肯定，你一定能骑完青藏线的全程！在这次的骑行挑战中，你一定是胜利者,任何的艰难,都挡不住你骑往圣城拉萨的信心！”

小圆说:“有大飙的激励,我不但信心满满的,劲头也是满满的，我一定要骑到圣城拉萨！一定要骑到布达拉宫的广场上！”

·灵　性

7月20日　昆仑山大地震纪念碑

中午12点多的时候，我们骑到了距昆仑山口还有约5公里的地方，只见路边竖着一块巨石，上书:《昆仑山口西8.1级地震纪念碑》，而这块纪念碑，就坐落在当年地震时所造成的断裂带上，由于年深月久，风雨的浸蚀，痕迹已经模糊了。

骑行青藏线之前，我曾翻阅过与这次大地震有关的许多资料，知道这次发生在青藏高原腹地的大地震，竟然还是喜玛拉雅造山运动的延续，这让世界各国对青藏高原有兴趣的学者们兴奋不已，先后竟然有40多个国家的科考队申请考察地震遗迹；又因为8.0级以上的大地震，一般都是1000年左右一个轮回，而这一带人烟稀少，遗迹保存完好，所得的资料就更是弥足珍贵！

2001年11月14日下午约5点半的时候，随着一声巨响之后，接着便是山崩地裂，河奔泉涌，玉珠峰被拦腰截断，地表被严重扭曲、拉伸、撕裂和隆起。当时，青藏铁路已开工兴建，铺好了的铁轨许多地方都错动好几米，正在干活的工人，有的被颤动的大地抛出老远；

那一刻，真像是末日降临……幸亏地震带上，平均海拔都在4600米以上，人烟稀少，几乎没有造成什么人员伤亡。

这次大地震，人在震前没有感觉到，但是，动物却在几天前便有了剧烈的反应；据一个野外生物考察小组的反映，藏羚羊、藏野驴、野牦牛、野骆驼，甚至狼群，先是极端的烦躁，到处奔跑，后来，便成群结队地逃离震区；最典型的现象，原来一到晚上，震区内的电线上，常常落满各种在高原生活的鸟类，可在接近地震的那些天，连一只鸟都看不到。

我和小圆说到这里，她感叹说："为什么动物有预感，而人类却毫无觉察呢？"

我说："按道理说，人类也与各类动物一样，起源于大自然，生存和生理的本能也应该毫无二致，但是，在进化的过程中，造物为人类另辟蹊径，为人类扩充了脑容量，增加了灵性的内涵和外延，从而把人类引向了文明之途；在这条路上，人类以创造为美，以知识为美，以征服为美，以王者为美，在欲望的引领之下，人类愈来愈走向文明，距自然的本能却愈来愈远。有所得，必有所失，人类在安然地享受着自己所创造文明果实的同时，已经走上了一条再也无法回归自然本能的文明之路。这次大地震之后，尽管有40多个国家的科学精英到此考察，企图发现地震的规律，但是，不管他们得出的结论是多么的完美，也永远赶不上动物的本能对地震的预测！老子说：'五色令人目盲，五音令人耳聋，五味令人口爽'，这就是人类为文明所付出的代价，这是一条造物主为人类安排的不归路。而文明又是一把双刃剑，她成就了人类，也可能会造成人类的自我毁灭，所以，我们就只能再以文明的名义，靠科学来拯救人类了！"

小圆说:“拯救人类的任务就交给科学家了,可当下我最关心的是:作为人类的个体,我们自己怎样才能拯救自己!”

我笑了笑说:“既然我们生而为人类文明社会中的一分子,那么,我们就只能让造物主赋予我们的灵性尽己所能地让她在某个方面发挥到极致,以彰显我们生命的价值和意义!比如我喜欢文学和写作,遵循古人的智慧:‘读万卷书,行万里路,写万篇赋’,这旅行,便是我从大块文章中契道入禅的机枢,道通则神逸,神逸则妙思无碍,这样,就打通了所读之书、所写之赋的气脉,下笔千言,思接万载,灵动于衷,无妄语杂呈。万事一理,道不二致,小圆,将来想把你的灵性挥洒于何处?”

小圆若有所思地说:“大飙的话太耐人寻味了,太值得我为自己的未来深深地思索一番啊!”

激荡昂奋的生命交响诗

7月20日　穿越昆仑山口

青藏天路，应该说几乎都是穿越在荒漠戈壁之间，干燥少雨，青绿难见，但是，唯独在昆仑山口这一带，因为气候变化多端，时常电闪雷鸣，风雪交加，所以，夏季的融雪竟然滋润出成片成片的牧草，草场上开满各色鲜花；另外，昆仑山口的东面和西面，分别是冰川晶莹、披雪擎天的玉虚峰和玉仙峰，由于瑰景天成，便被神话为玉帝的两个妹妹玉虚公主和玉仙公主的玉殿琼宫……

然而，殊胜在前，却无缘一览，我和小圆刚离开昆仑山大地震纪念碑，不知从哪个山头飘来一团密云，狂风袭来，紧接着便是豆大的冰雹劈头盖脸地砸了下来，身上的衣服穿得厚，尚没有什么感觉，但脸上手上瞬间被直接击打疼痛难忍；赶紧停车，那一刻的风真疾，两人的车子都被吹倒，我先帮小圆套上雨衣，她再帮我；突然，眼前电光闪闪，接着，便是几声“咔咔咤咤”的炸雷声，小圆吓得脸色铁青，她声音有些变腔地说：“大飙，我有点怕！”我紧紧地握住她的手说：“有大飙和你在一起，别怕，一会儿就过去了！”

青藏高原上有句谚语:“上了昆仑山,进了鬼门关;到了沱沱河,不知死与活。”传说昆仑山口是地狱之门;其实,还不仅仅如此,因为昆仑山口一带的植被稍好一些,夏季会有大批的食草动物聚集在这里,故此,常有狼群出没;当然,还有不能惹的大家伙,就是野牦牛,它要是发起性子来,越野车都能顶翻;这些,我没敢告诉小圆,只是催促她快走;风雪太大,路上白花花的一片,为了安全,还不敢骑得太快,当然,也难以骑快……那个五六公里的路程,一直在爬坡,并且,在冰雹的击打中,在狂风的撕扯中,前路迷蒙,双目难睁,真有没完没了的感觉……

后来,我曾告诉小圆关于昆仑山口的真实情况,她倒抽了一口冷气说:“你当时若说了这些,我一定会吓得双腿连车子都蹬不动。”

骑到昆仑山口前的时候,乌云虽未完全消散,但风雹却渐渐地停了下来;看到山口处舞动的经幡,我知道,在青藏天路的骑行中,我和小圆又突破了一个险关,承受了一次极具难度的人生挑战!

新的考验还在路上,生命的交响诗,唯有在这样起伏跌宕的经历中,才能谱写出激荡昂奋的旋律来!来吧,让人生来得更丰富多彩、更具有传奇性一些吧!

人生如山

7月20日 昆仑山口

每一次抵达山口，对于骑行者来说，都是一次自我挑战的胜利，喜悦自不必多说；人立高处，万岳揖拱，胸中大有一种君临天下的气概；特别是在万山之祖的昆仑山口处，回眸来路，依然心跳魂动；放眼四望，气象万千，那座座雪巅之上，云雾之中，可有玉虚或玉仙公主的妙丽影姿？

正凝神曼想之际，小圆说："大飙看来又有诗兴飙发了？"

我看着她，微微一笑，吟道：

在轮回的岁月里，
我又走过昆仑仙境；
眼前的一切，
如幻如梦；
山风的私语，
仿佛把我的记忆触动；

或许我曾是峰端一朵雪莲，
得到过神女的宠幸；
冰川依旧，
却不知我已幻身几重？

小圆说：“浪漫的大飙啊，你当年曾是开在神女玉宫前的雪莲，那我是什么啊？”

我开心地说：“小圆就是当年的神女下凡，哈哈哈，还记得我这朵雪莲吗？”

小圆听了，也快乐地哈哈大笑。随后，我们来到写有昆仑山口和海拔标记的碑牌前拍照；一路上的骑行虽见不到人影，可山口上却不少，自驾车停了很多；有些高反比较严重的游人，见我和小圆是骑行上来的，都竖起大拇指赞叹不已，特别是小圆，因为是一个女骑士，更是受到追捧，纷纷要求与她合影留念……

一个女游客对小圆说：“骑行西藏，也一直是我的梦想，可我总是害怕有余，信心不足，你是怎么下定这样的决心呢？”

小圆说：“幻梦当下，筑梦远方。梦，若只是拿来想想而已，便是幻。梦，若是为了拿来筑成现实的，那么，你就不能只是想想而已，而是要在人生的岁月里慢慢地去成就；所以，才会有人们需要的不仅仅只有诗（即梦），还有远方（即筑梦的岁月）！其实，远方，才是真正的诗！为了不让自己的梦想只是想想而已，所以，我就来了！当然，来之前，我还是做了充分准备的，比如骑行的训练。如果害怕远方，你就永远没有远方！我就是这样下定决心的！”

女游客向小圆要了手机号和QQ号，向小圆告别时说：“我一定要以你为榜样来激励自己，争取明年从川藏线上骑行到拉萨！”

昆仑山口的风很大，也很冷，我们把衣服都加在了身上，也并未觉得暖和；除此之外，尽管我和小圆是骑车上来的，但是，接近4800米的海拔，还是让我们有一些轻微的高原反应，所以，也不敢有太剧烈的活动。

一块断碑，引起了小圆的好奇，她说：“大飙，你看这是怎么回事？”

那是一块青石碑，碑上只有“山口”二字，写着“唐古拉”三个字的上半部分，正躺在已经碎裂的基座上，看样子不像是人为的破坏；犹疑之间，正好有个藏胞站在旁边，一问才知道，原来这是昆仑山8.1级大地震所造成的结果，之所以保持原貌，就是为了以后开辟大地震遗迹的游览长廊而保留的。

在亿万年的岁月轮回中，昆仑山曾经几度历经劫难？但是，劫难永远夺不去巍巍昆仑的高度和美丽！人生如山，你的高度，你的美丽，永属于你！

第六辑

机缘之门

如果你爱一个人，就陪他一起到青藏高原去旅行，这片圣域净土，有着一个人最值得与爱人分享的大美山水；在苍茫的荒原上，在晶莹的雪山下，在蔚蓝的神湖边……温情地相伴，轻轻地吟咏，浪漫的人生岁月里，从此便有了一个极致的瞬间……

· 高原之瘾

7 月 20 日　青藏天路不冻泉

我和小圆在昆仑山口徜徉了许久，大化虚廓，胜景如幻，这一世的轮回，算是又一次经过，因为我已不是冰峰之上的雪莲，小圆也已是昆仑圣山上下凡的神女，我们只能沿着世俗的路线，骑向我们既定的下一个目标……

出了昆仑山口，虽说是下山，但是，并没有多少下坡的感觉，因为过了昆仑山口之后，青藏天路的平均海拔便一下子提升到了 4600 米左右，尽管以后要翻越的海拔在 5000 米以上的极高山还有几座，但是，由于相对落差较小，整体来说，骑行青藏路的难度，比川藏线要小得多，因为川藏线上，上下坡的落差，几乎都在 1000~2000 米之间，并且，还是山连山，坡套坡，弯急路窄，上上下下，没完没了。每一天，都在挑战着骑行者的生理和心理的极限。因为我全程骑完了川藏线，所以，面对青藏路的难度，真觉得是小菜一碟。

说是小菜一碟，但毕竟在空气稀薄的世界屋脊之上，下坡怪爽，但一遇上坡，便气喘如牛，反正是没有那么多的平路让你骑行。

又经过了一段长长的大上坡，大约在下午3点钟的时候，我们骑到了海拔4600米的不冻泉小镇。从海拔4100米的大西滩，翻过昆仑山口，来到不冻泉，又有了一些高反，头像感冒似的微微有些痛，小圆也说有些不舒服，就在路边找了一家客栈，倒头睡了两个多小时，起来之后，感觉头脑异常的清醒，身体异常的轻松，走路也有些飘飘欲仙的意趣，小圆也说有这样的感觉，这就是高原缺氧对人类生理激发出来的兴奋和欣悦吧！

据说，高原反应真的有海洛因的效应，让人力竭而不觉累、精尽而不知疲，所以，初入高原的人，飘飘欲仙，总有一种想跳想跑、想舞想蹈的冲动，目空天远，眼中的景色都带着迷幻的色彩，天地恢廓，人神相惜……那些每年都想到西藏来发发呆的人，估计就是染上"高原之瘾"了吧。我每次来西藏之后，前脚刚离开，后脚就开始思念了，看来我也成了"瘾君子"了！

我们在客栈旁边的一家商店兼饭馆里吃了晚饭后，出门便到了小镇的外面。在这荒漠的腹地，小镇上的几户人家，应该都有为往来商客服务的生意，不然，这里地不产粮，草不养羊，何以为生呢？

小镇外空旷荒寂，地远天低，几座净白的雪峰隐现于眼底，小圆说："大飙，不冻泉在哪儿啊？"

望文断意，原以为不冻泉就在不冻泉小镇上，可在哪儿啊？有一个藏胞妇女从我们面前走过，我上前问："你好！请问不冻泉在哪儿？"

藏胞说："这就是不冻泉啊！"

我说："是指那个出水的不冻泉啊！"

也不知是藏胞没听懂，或者她也不知道，反正她笑了笑，摇了摇头就走了。

晚风虽不是太大，但不冻泉这里却非常冷，小圆冻得有些瑟瑟发抖，她说："大飙，我们回客栈吧，冻死我了！"

论　诗

7月20日　不冻泉

回到客栈,客房里又住进了两个倒骑青藏线(从拉萨骑往西宁)的父子,隔壁还住着他们路遇的两个骑友。儿子不大,应该是十二三岁,估计累得有些撑不下去了,正坐在床上哭,父亲在劝他坚持。

看我们进来了,父亲指着小圆说:“儿子,你看,这位大姐姐都能这么勇敢地骑过来了,你一个男子汉,还怕什么?儿子一定是最棒的!”

哭泣的儿子也不理我们,为了不影响他们父子俩的交流,我把小圆拉出来说:“走,我请你去喝杯热热的酥油茶,暖暖身子。”

在距客栈不远的一家藏餐馆里,我们要了一壶酥油茶,坐在餐馆的一角一边慢慢地品着,一边海阔天空地聊着,说着说着,就谈到关于写诗的话头上,小圆说:“大飙的诗,写得飘逸浪漫,轻灵而又不失沉实,耐人寻味;其实,我也很喜欢写诗,特别是这一路走来,穿越在如仙境神域般的青藏线上,常常也有非常强烈的诗意的冲动,只是不知道怎样才能把诗写好,大飙可以教教我吗?”

我说:“哪敢教啊!让我谈谈体会还行。反正现在也没啥事做,那我就胡吹滥侃一番来消磨消磨时间吧。”

不管是新诗还是律诗，我们都必须记住：诗的灵魂是比喻，诗的生命是意境。

天地有大美，唯人通其灵韵；宇宙有大道，唯人悟其妙真；自然万象，奔来眼底；大化峥嵘，启人枢机，所以，也唯有人才能代天立言，以彰其美，以宏其道，以明其旨。故此，我们付之以诗、以文、以曲、以画，无不是以象以尽其意，特别是诗，其韵朗朗，其喻卓卓，其意幽婉独出，其境气逸神悠。

中国的文化，强调的是“天人一体，物我不二”的大智慧，追求的是“天行健，君子以自强不息”的大境界，挥笔泼墨者要明了“神居胸臆，而志气统其关健”，所以，评判诗之高下，常常以境界论之。

我们常说：“人要活口气，诗要出精神。”人诗一体，气盈、精聚、神逸，则鲜活腾跃，生机无限。所以，诗与人一样，要积极向上，风流蕴藉，方能顾盼生辉，姿压群芳！特别是现在的我们，穿越在瑰景天下独、胜境四海无的青藏天路上，天垂大气象，地呈美华章，目览魂契，气豪心雄，诗意氤氲于胸，落笔怎能不阳气铮铮？可叹、可赞、可咏、可抒，只要我们的才气盈盈，哪愁诗作不会神助天成？

谈诗的人，往往喜欢说两个故事，今天我也拿来与小圆共飨。

唐朝以诗取仕，所以，唐诗盛极古今。天宝十年，进士第的考试中，以“湘灵鼓瑟”为题。当时，诗名最盛的当数陈季，他的应试诗是：

神女泛瑶瑟，古祠严野亭。
楚云来泱漭，湘水助清泠。
妙指微幽契，繁声入杳冥。

一弹新月白，数曲暮山青。
调苦荆人怨，时遥帝子灵。
遗音如可赏，试奏为君听。

另一名应试的举子是钱起，他的诗作为：

善鼓云和瑟，常闻帝子灵。
冯夷空自舞，楚客不堪听。
苦调凄金石，清音入杳冥。
苍梧来怨慕，白芷动芳馨。
流水传潇浦，悲风过洞庭。
曲终人不见，江上数峰青。

从整体水平来说，陈季的诗高钱起一筹，但是，陈季的末句“遗音如可赏，试奏为君听”，显然品无余味，气量不足，而钱起的“曲终人不见，江上数峰青”，可谓是意趣无穷，禅韵悠悠；尽管两人都中了进士，但钱起的排名却比陈季靠前得多。

另一个故事，说的是唐中宗李显，有一年正月晦日（三十日），携众臣游于昆明的滇池之上，上得岸来，中宗兴犹未尽，便以“晦日幸滇池”为题，命百官写诗以记之，并由昭容上官婉儿选一首佳作，谱之以曲。少顷，诗成，上官婉儿携诗登上岸边的彩楼，不多时，只见楼上纸飞如雨，落选之诗，各自捡走，最后，只剩下了沈铨期和宋之问的诗，两人诗名，当时比翼朝野，最后，沈铨期的诗，寂然落下，宋之问拔得头筹，沈不服气，上官婉儿先把两人的诗作公之于众，沈铨期的诗为：

法驾乘春转，神池象汉回。
双星移旧石，孤月隐残灰。
战鹢逢时去，恩鱼望幸来。
山花缇绮绕，堤柳幔城开。
思逸横汾唱，欢留宴镐杯。
微臣雕朽质，羞睹豫章材。

宋之问的诗为：

春豫灵池会，沧波帐殿开。
舟凌石鲸度，槎拂斗牛回。
节晦蓂全落，春迟柳暗催。
象溟看浴景，烧劫辨沉灰。
镐饮周文乐，汾歌汉武才。
不愁明月尽，自有夜珠来。

接着，上官婉儿评道："沈、宋两人诗才，势均力敌，难分高下，只是沈诗尾联：'微臣雕朽质，羞睹豫章材'，词气已尽，显得萎靡；而宋诗的尾联：'不愁明月尽，自有夜珠来'，诗力健举，余韵悠长。两诗相比较，宋诗略胜一筹。"

众人皆曰评得妙，沈铨期也口服心服。

最后，我说："写诗的时候，若遇有神助天襄之妙句，就不必受什么韵律章法的束缚，比如陈子昂的《登幽州台歌》：‘前不见古人，后不见来者。念天地之悠悠，独怆然而涕下。’品读之中，让人感觉诗思如大江汹涌，悲韵似江风孤行！”

听了我的议论，小圆似有所得，她说：“如果我兴来诗发，大飙可不要打击我啊！”我说：“我只学会了欣赏，其他的就不会啦！”

· 机缘之门

7 月 21 日　可可西里

早上不到 8 点，我和小圆就从不冻泉出发了。鲜灵的晨光，透着艳艳的嫩红，洒在空旷的荒漠草原上，柔媚溢目，感动涌胸；这样的晨光，在青藏天路之上，已是多少次映入眼帘了？但是，每一次都能从这种光影的旋律中，感受到不同的节奏之美。

这里已是可可西里自然保护区的腹地了。不冻泉小镇渐行渐远，而冰洁雪净的玉虚峰仿佛距我们越来越近了，似乎只要我们掉转车头骑过去，眨眼间就可以到山根下，然而，少说也有几十公里，我们只能远眺，而无缘亲近了。

休息的时候，小圆说：“大飙，我有诗一首《咏玉虚峰》，你可有兴趣听听？”

我当然有兴趣啦！小圆慢慢地吟道：

苍苍茫茫天地间，
绵绵延延玉峰挺。

自此一见大气象，
块垒万般无踪影！

我赞叹说：“好大气的诗，收放自如，可谓巾帼不让须眉啊！我也应一首吧。”

阅尽沧桑意从容，
昂首天际心雄雄。
冰献梵曲雪唱和，
绝伦风流自然成！

小圆说：“大飙的诗，才叫霸气凛凛呢。这一路的骑行，如果能与大飙咏诗唱和，也算是骑途中的一大快乐了！”

骑行中，一群藏羚羊首次映入我们的眼帘；晨光未褪，雪峰重重，荒原荡荡，牧草茵茵；十余只可爱的小生灵，悠然自得地吃着早餐，由于离路稍远，并不在意我们的出现。小圆跳下车子，兴奋地喊道：“大飙，快拿相机！”

由于没带长焦镜头，摄影的效果没有达到小圆的愿望。我说：“后边的各色动物还多着呢，总会有一个满足你的机缘。”

果然，还没骑出多远，在路旁几十米的地方，有两只正在吃草的藏羚羊，其中一只，见我拿相机对着它们，已警觉地看着我俩，那姿势就像一只绷紧在弓弦上随时被射出的箭镞。看到近在咫尺的小可爱，小圆虽然欣喜若狂，但因为害怕惊到它们也小心翼翼地不敢声张。

小圆说："能这么近地与它们对视，欣赏它们的美丽，也算是一种缘分了！它们能在这样的荒绝之地生存，多么不容易啊！以后，我要好好为它们祈福，愿它们与人类与自然，永远和谐相处！"

我说："人生的种种机缘，就存在于逐梦的途中，而机缘便是造物馈赠给追求者的朵朵美丽的鲜花，颗颗甜甜的果实，因为造物欣赏逐梦者，所以，他会不断地把一份份惊喜送给我们！"

小圆乐呵呵地说："旅行，就是一扇机缘之门，所以，我遇到昆仑山，遇到了可可西里，遇到了藏羚羊，更重要的是，我还遇上了大飙！"

偶遇野狼

7月21日　可可西里

玉虚峰并不仅仅只是圣洁和崇高的象征，她还用自己的乳汁滋养着可可西里大片的土地。在骑行中我们发现，愈是接近玉虚峰，植被便愈是丰盈；雪山融水带来了无限的生机，除了纵横的溪流，还有大大小小的湖泊。

水是生命之源，她吸引了高原上的各色动物，有藏羚羊，藏野驴，野牦牛，许多的鸟类，其中，也有野狼……

上午约9点半的时候，一头肥硕的孤狼，出现在路边三四十米远的地方，迈着优雅的步子，从西往东走，好像并不在乎我们的出现，倒是小圆吓得跳下车子，浑身发抖地靠在我身上说："大飙，它会向我们扑过来吗？"

我笑了笑说："你没看出它对我们一点敌意都没有吗？快把它拍下来，估计今生，我们也就只会有这一次与野狼这么近的相互而视啦！"

拍照的时候，我给小圆开玩笑地说："你往路边走走，我给你来一张与野狼的合影。"

小圆说:“才不呢,估计影没合成,我就被它给叼走了。”

我笑着说:“这样好啊！这样,我才有机会在青藏天路上来一场英雄救美的好戏啊！”

正说话间,我们的身后突然停了一辆小轿车,一个女孩摇下车窗说:“那是一头真正的野狼！你们不怕啊？我坐在车里,都怕得心里直抖呢。”

小圆说:“你看这头狼的肚子圆圆的,一定吃饱了,对我们不感兴趣。下车抓紧拍几张照片吧,马上它就走远了。”

听了小圆的话,一下从轿车里钻出四五个人来,有的拿着相机,有的拿着手机,咔咔地拍了一通,直到野狼从视线里消失。

我们继续前行。小圆感叹道:“都说可可西里是野生动物的天堂,可有了野狼,就有了杀戮啊！”

我说:“恰恰就是因为有了野狼,这里才真正地成了野生动物的天堂！你知道,可可西里是高原荒漠草原,已经超越了人类生存的极限,这才让这些野生动物有了诗意的栖息之地,可也正因为如此,可可西里的承载能力极其有限,所以,藏羚羊也好,藏野驴也好,野牦牛也好,其种群都不能任意拓展,故此,野狼就成了可可西里生态平衡的最重要的一环!

“如果可可西里没有了野狼,藏羚羊等没有了天敌,悠闲自在地生活,就会造成种群的退化,大量的繁殖中,老病和腐尸,就会带来种群性的瘟疫,这隐性的灾患,甚至会带来种群性的毁灭,而野狼的存在,老病就会成为自然的淘汰,逃生就会成为种群自然鲜壮的催化剂……上天有好生之德,在敬畏自然法则的同时,我们也要学会善待每一个物种！”

听了我的话，小圆在骑行中有一段时间没出声；玉虚寂然相伴，空漠时落云影；风中偶传天籁，视野常现藏羚。

这时，在路边的一个水潭旁又出现三只可爱的精灵，小圆在它们面前停了下来，三只小家伙有点受惊，但并没有急于逃跑，而是回过头来看着我们。小圆说："能过来点儿，让我们聊聊好吗？"

我说："有美女想和你们说说话，还不快点遵命！"

三只小家伙可不领情，一蹦一跳地跑啦！前方便是高架的铁路，那些空空的桥洞，就是藏羚羊迁徙的通道；天风荡荡，旷野悠悠，一切的和谐与平衡，都在自然之道的掌握之中，造物让人类进化为灵长动物，我们应该遵循天意，在万物共享的世界上，诗意地栖息！

想到这里，来了灵感，便吟咏了几句：

当文明的火焰，
四处燃烧的时候，
我希望野蛮的黑暗，
依然在可可西里逗留；
狼逐羊奔，
融溪横流；
让荒原自然的荒绝，
让雪山永远的晶莹剔透！
大漠上只有日升月落，
只有风来云走……

小圆说："大飙的诗，充满了悲悯的情怀！愿可可西里永远只有日升月落，风来云走，而没有人类欲望伸出的毁灭自然之美、自然之诗的罪恶之手！"

美丽的少女

7月21日　可可西里，索南达杰自然保护站

上午约9点半的时候，辽阔的可可西里荒原上，竟然出现一道奇异的景观：109国道的旁边，一字排开着十数公里长的铁柱！小圆惊讶地说："天啊，在这无人区里，弄这么多的旗杆干什么用啊？"

我说："昆仑山的西王母，知道她下凡的女儿小圆公主今天从这里经过，想在这里升旗欢迎你，给你一个惊喜啊！估计具体办事的小神失职，忘了挂旗吧。"

小圆说："大飙，说正经的，这旗杆做什么用的？"

我说："这哪是什么旗杆呢，是散热棒！可可西里自然保护区的平均海拔都在4600米以上，有大量的永久性冻土地带，夏季受热，表层上的冰就会出现一些融化，你看那路边的小水坑，就是融冰渗出的水，很容易造成路基塌陷；为了减少车来车往的震动所累积的热量，就在路基下埋设铁管，与这些散热棒相连，从而保护了冻土层，也减少了对道路的影响。"

大约10点半的时候，我们骑到了索南达杰自然保护站，并参观了站内关于索南达杰英雄事迹的展览。

在20世纪80年代，可可西里本是野生动物的天堂，可是，由于国外用藏羚羊皮制作的围巾特别的值钱，因而引来了大批的盗猎者，后来，竟然发展到有近万人携着猎枪到可可西里“淘金”，各种野生动物，无不遭难；原本在保护区内生活着大约有50万只藏羚羊，可到了90年代，种群数量已不足万头，这对可可西里的生态破坏可谓是触目惊心。为了保护野生动物资源，玉树人民政府成立了西部工委（亦称野牦牛队），时任治多县委副书记的索南达杰，主动担任队长，他说：“可可西里是无人区，但不是无法区！”

野牦牛队在索南达杰的带领下，常年巡护在面积空广、险厄重重的保护区内，有效地遏制了偷猎行为。然而，藏羚羊皮的诱惑太大了，被称为软黄金，一些亡命之徒，不顾禁令，依然非法去闯可可西里；1994年1月18日，40岁的索南达杰和4名队员在可可西里抓获了20名盗猎分子，缴获了7辆汽车和1800多张藏羚羊皮，在押送歹徒行至太阳湖附近时，遭歹徒袭击，索南达杰为保护藏羚羊在无人区流尽了最后一滴血，死后还一直保持着射击的姿势！

索南达杰的死，震惊了中央，终于唤醒了国家对保护区的重视，中国政府于1995年批准成立“可可西里省级自然保护区”，并在1997年升格为“可可西里国家级自然保护区”。目前，保护区内的藏羚羊已恢复到了20万头左右……

看了介绍，我和小圆向索南达杰的遗像深深地鞠了一躬！小圆说：“我们今天骑行在可可西里，能看到这么多的藏羚羊，多亏有了这位英雄啊！”

走出展室，看着一望无际的荒原，小圆问：“可可西里如此之大，偶尔有盗猎者进入，怎么能发现呢？总不能说，狡猾的偷猎者连钻一点空子都没有吧？”

带着这个问题，我们走访了保护站里的一个工作人员，他说：“现在有卫星天眼，只要有偷猎者进入，我们很快就能发现；另外，即使他们偶尔得手，藏羚羊皮他们也弄不出去，管理得紧着呢，逮着可要判大刑的！现在，不经过批准，基本上已无人敢入保护区啦！”

听了工作人员的话，小圆松了一口气，说：“这样，就让人放心啦！不过，那天眼你们可要用好喽！”

工作人员笑了笑说：“这是我们的责任，谢谢你的嘱咐！”

我悄悄地对小圆说：“看你搞得，像领导视察似的。”

小圆说：“可可西里，其意为‘美丽的少女’，我只有一个愿望：愿她永远的美丽，从此再不受不法分子的袭扰！”

适度的人生

7月21日　青藏天路

出了索南达杰自然保护站，回望来时的路，又看到了那辆距保护站不远的倾覆在路旁的大货车，实质上，在我们出了不冻泉后，还看到了另一辆倾覆在路基下的货车，两起车祸现场，不足一个小时的骑程，当然，自骑上青藏线后，所见的车祸何止这两起呢？但是，这些车祸的一个最大的共同之处：绝大部分都是自酿的事故！

小圆说："道路清远，视野空旷，这些司机，咋还会把车开到路基下呢？"

我说："在平坦无碍的道路上，车开得越顺溜、感觉越是得心应手的时候，越是容易麻痹大意，困意绵延的时候；一些司机为了抢时间，多拉货，多赚钱，昼夜不停，尽管国家出台了限速令，虽然事故有所减少，但是，却没能杜绝，因为无法限制司机开车的时间！"

小圆说："难道他们就不知道珍惜自己的生命吗？"

我叹了口气说："天地良心，哪个不知道生命的宝贵啊！在大把大把赚钱的机会面前，人们总不忍心放过每一单生意，为了赚更多的钱，过更好的生活，提升更高的生命质量。但是，机会常常与危机并存，空阔无碍的坦途，也是地狱的大门，一个突然袭来的困盹，就会把人送入万劫不复的境地啊！怎样把握好人生的平衡，确实需要一定的人生艺术和人生智慧。人，不能心存侥幸，最好的选择，应该不去碰触生命的极限，让进钱的渠道细水长流，在摒弃危险的情况下，再尽量地利用机会，去创造价值的最大化！”

小圆说：“哈，大飙把问题提升到了哲学的层面上啦！”

随后，我给小圆讲述了我亲身经历的一件事。

有一次，我和朋友一起进藏旅行，因为没有买到火车票，我们八人便在格尔木租了一辆面包车，天不亮便出发了。司机李师傅应该说是一个非常好的人，每有好景，都会停车让我们拍照。

进藏的路虽宽敞，但是，我们走得并不快，因为路上限速，还有许多地方修路限行，再加上很多的检查站，所以，每小时的行程应该在50公里左右，即使顺利，从格尔木到拉萨也得23个小时，应该安排两天的行程；然而，李师傅在接了我们这一单生意之后，已经接了下一单，他必须在限定的时间内赶回格尔木……

我们八人，在过了昆仑山口之后，高原反应便悄然袭来，在翻越海拔5231米的唐古拉山时，差不多达到了峰值；到达安多的时候，已是半夜时分，大家都在颠簸和高反的双重折磨下，极度渴望休息；另外，李师傅也已经连续驾驶近20个小时了，我们也极度害怕他的疲劳驾驶可能引发的后果；于是，我们提议在安多找旅馆住下，休息到天亮再走，李师傅当然不同意，他还吓唬我们说：“安多的海拔4700多米，你们在这里睡觉，会出人命的，我是司机，得为你们的生命负责！”

人命关天，谁敢说不呢？我说：“李师傅，你这是疲劳驾驶啊。”

他说：“现在是旅行旺季，就这一段时间的生意好，我们这条线上的司机都像我这样跑，我们自有提神的办法，你们就不要担什么心啦！”他用什么办法提神呢？我们不得而知，也不敢问，问了，估计他也不会说吧。不管用什么样的神方法提神，这种极度的透支体能的做法，都不可取吧？

在安多吃了饭，继续上路的时候，不管多么的困盹，我们决定要有一个人坐副驾座上陪着他说话，困得熬不住了，再换另一个人！安全！安全！乘坐这样的一个疲劳驾驶的司机的车闯青藏线，真是命悬一线啊！

谢天谢地！我们终于在上午11点前到达拉萨，而司机李师傅已连续开车近30个小时啦！说起来，有点天方夜谭，别人不一定会相信这是事实，但是，这却是我们实实在在的经历啊！

临分别的时候，我们劝他：“李师傅，你一定要找个旅店好好地休息一下再走，安全第一，安全第一啊！”

李师傅却笑了笑说：“我已经接了单，明天必须赶回格尔木！你们说安全第一，这不是安全地把你们送到了拉萨吗？”

我们从心里苦笑一声：“你是把我们安全地送达了，可下一单的乘客呢？”看来这已不是我们要操心的事啦，一切都听天由命吧！

小圆听了我的讲述，深深地叹了一口气说：“我们还是慢悠悠地骑车去拉萨吧！这样的车，免费让我乘坐，我都不会上车的！有些司机，真是要钱不要命啊！”

我说：“在金钱、名利、荣誉和地位面前，心存侥幸，把持不住自己的，何止只有司机呢？人不远道，道不离人，人生一定要适一个‘度’字，才利人利己，神助天襄啊！”

小圆说："大飙说得对，即使我们今天骑行在青藏线上，也不能以挑战自我为借口而突破了这个'度'，我们要合理地安排骑程，能骑到拉萨，我们就是最大的赢家！突破极限，听起来好听，一旦过度伤了元气，半途而废，可就功亏一篑啊！"

我竖起大拇指赞道："小圆伟大！大美的青藏天路上，一切都听从你的安排！"

骑行妙韵

7 月 21 日

离开了索南达杰自然保护站，与雪耀冰辉的玉虚峰渐行渐远，玉虚峰慢慢地向我们身后转去，正行进间，突然飘来一团遮天蔽地的浓云，一场豪雨随之而来，但是，它来也迅疾，去也匆匆，一般来说，二三十分钟便可钻出雨区……

这里属于五道梁的区域，距五道梁小镇还有 30 多公里；这一段路程，也是整个青藏天路上的一个关口，海拔高，温度低，空气含氧量少，天气变化诡异，在她的身后几十公里的地方，便是海拔 5010 米的风火山，凡是走青藏线的人们，无不把五道梁视若畏途，并觉得她比唐古拉山更可怕！因此，这里流传着各种各样的传说，比如“五道梁，冻死狼，鬼门关前过，不知阴和阳”“上了五道梁，哭爹又喊娘”“纳赤台得了病，五道梁送了命”，一言以蔽之，过了五道梁，就闯过了鬼门关，就适应了 5000 米左右的高海拔，突破并适应了对一般人的生理极限的挑战，以后的路就好走了。

其实，我和小圆是一路悠然骑车上来的，由于有一个较长的过程，而生理的极限也在这个漫长的过程中，被一点一点地化解了，虽然也会有一些小小的不适出现在过程中，但是，这些不适，都是在完全能够承受的值域上，渐渐地化有为无，化无为神；在这个过程中，既欣赏了美景，也强健了身体，更重要的是，在人与自然的通灵中，我们的心魂与大化，气合道融，混然而一……这就是骑行的妙韵之所在！

从索南达杰保护站骑往五道梁的路，虽有起伏，但一直都是上坡的态势，我们骑得不快，上坡也骑不快；大漠之上，除了远远的有一些游移的藏羚羊之外，就只有我们这两个属于人类的骑行者。女孩子胆小，所以，我总是不即不离地跟在小圆的后边，她累了，我们就一起休息；她饿了，我们就一起加餐……骑行在这样的危途中，永远都要以弱者的节奏为节奏，强者一定要成为弱者的心理支柱，大家互帮互助，一起完成青藏天路的伟大穿越，共创人生的辉煌！

在骑行的途中，我们曾遇到过两个老人，他们骑得很快，看着他们远去的背影，小圆有点不好意思地说："大飙，你应该骑得比他们还快，都怪我，成了你的负担！"

我听了，哈哈大笑说："现在不是正流行着一句话：'不要跑得太快，要等等你的灵魂，一起欣赏路上的风景'，正是因为有了你，我才不至于把自己的灵魂抛到身后，准确地说，是你成就了我啊！"

小圆笑了，她开心地说："还是大飙会说话！本来我觉得很惭愧的，现在，我因为成就了你，可以骄傲啦！"

其实，人与人之间，若各自都怀有一颗谦和的心，彼此便都是对方的快乐和骄傲了！

· 美与诗

7 月 21 日　青藏天路楚玛尔河

可可西里，处于青藏高原的腹地，苍旷，神秘，荒瘠，干旱，生态脆弱，雪山隐现，河谷宽广却水流纤细，凡被水流冲刷过的地方，反而沙化更严重，在风的作用下，岸边常常堆积着重重的沙丘……

骑行的时候，小圆像发现了新大陆似的惊奇，她说："大飙，我发现这荒荒的大野之上，怎么会有这么多的清澈的小湖泊呢？按说，这里的海拔高，应该更荒凉才是啊！"

我说："来骑行青藏线前，我还真看到过这样的一个资料，说近些年来的卫星图片显示，可可西里地区突然冒出了许许多多大大小小的'神秘湖泊'，这个问题让科学家们百思不得其解，后来，他们实地考察，查阅了大量的方方面面的材料，最后，他们得出的结论是：一、近十余年来，可可西里的气候有了变化，年平均气温提升了约 0.38 摄氏度；二、可可西里的年降水量增加了 10%；三、冰土带的冰融增加；水，是生命之源，有利于植被的生发和野生动物的生长，但是，从长远的观点来看，地表水的增加和地理态势的变化，对可可西里来说，到底是福还是祸，科学家们却不敢下任何的结论，因为他们还不能确定，这样的变化，究竟是短期性的，还是长久性的……”

小圆说：“沧海桑田，陵岸为谷，大自然自有她的智慧和创造，我们人类除了随其变化之外，还能有什么作为呢？这些神秘的湖泊，一定在向我们人类传达着某种信息，只是我们还没有读懂而已。大飙，你读懂了吗？”

说话间，我们骑到了楚玛尔河的岸边，河谷空广，水流有许多分分合合的支支叉叉，也许是因为刚经历了一场大雨的缘故，河谷里的沙地还都是湿漉漉的。在宽阔的河谷之上，架着一条近百个桥孔的铁路大桥，据说，那些桥孔，是专为藏羚羊留的通道，因为这一带，是藏羚羊迁徙的必经之路，繁殖期间，这里可以见到大群大群的藏羚羊从这里涌过。

楚玛尔河是长江的北源，她是世界上地理位置最高的河流，整个河床都在青藏高原上，海拔 4600 米以上，源头是可可西里山的冰雪融水和冻土层里的融冰，其独特之美，就在于她河谷空廓，与大漠浑然一体，天高地迥，走云连风；流水纵横，河床一片铁锈红，所以，楚玛尔河的意思，就是像红叶一样的河流……

我和小圆流连在岸边，摄景入镜，浩叹弥茫，但是，荒空凉野，也不是久留之地，只能带着不尽的迷恋，继续踏车前行！

小圆说她诌了几句诗，吟道：

可可西里，
岁月的华章；
是从谁的灵感中，

流出的梦幻般的诗行？
我像一朵轻云，
读得如醉如狂；
我在雪山之巅吟咏，
在空阔的河谷徜徉；
在广袤的荒原舞蹈，
在风之琴上弹唱。
美丽的可可西里，
我永远的心之向往……

多么美的诗啊！此情此景，正宜于如此空灵曼妙的吟咏啊！

旅行里的生命密码

7月21日　青藏天路，五道梁

从早上朝阳照耀的不冻泉出发，路途虽然起起伏伏，但没有很大的猛坡，骑行还算轻松；虽有风云变幻，但也不过是一些小插曲，而悠悠的美韵，永远是青藏天路上的主旋律，那些像音符一样在荒原上跃动的藏羚羊，那些像战神一样耸然而立的冰川雪峰，那些像翡翠一样晶莹剔透的湖泊，那些像处子一样在高原上静静流淌的河流，还有那大漠的空远，穹苍的蔚蓝，白云的纯净……可谓是一路骑行一路诗啊！

我和小圆沿着楚玛尔河谷，在晚上5点钟前到达荒原小镇五道梁，此时的西部，还是一片阳光灿烂，找了一家较为干净的旅馆住下，正好路遇的两个骑行的老人也住这里，便邀他们一起去吃饭，老人似乎并不想与陌生人打交道，冷冷地说："我们不饿，你们请吧！"

出了旅馆，小圆悄悄地说："你看那两个老人拒人千里的冷峻目光，一定觉得我们是一对骗子吧？我们就这么的让人害怕吗？"

我笑了笑说："不同的人生阅历，便形成了不同的处世心态，两个老人出来骑行，即使怕骗也情有可原啊！至少这么大年纪了，还敢出来闯青藏线，就值得我们尊重和敬佩！你说是吗？”

小圆说：“大飙说得是，起码这两位老人是我要学习的榜样，有他们在路上，我这么的年轻，还怕什么啊？”

青藏线上，很多的旅馆和饭店都是一体的。吃了饭，向老板要了两盆热水，小圆一盆，我一盆。这家旅馆的走廊，装有玻璃墙，晒了一天后，里面热烘烘的，我躲在里面痛痛快快地把身子擦洗个透彻，好不畅爽啊！

五道梁在传说中，是极其可怕的地方，但是，因为我们是骑车上来的，所有的挑战，在路上都被一一地化解了，所以，我们基本适应了海拔近5000米的高度了。

自从出了格尔木，尽管每天在骑行爬坡的时候，都会出上几身的好汗，但是，在这片海拔极高的地方，晚上非常的冷，谁敢用水擦洗身子啊？大家都知道，在这里感冒发烧，可是很要命的事情！今天是个例外，玻璃墙后面的走廊，被晒得有些暖房的味道，但是，也不敢大洗，只是快速地擦洗擦洗而已，就这，已经够幸福的啦！只要还骑行在青藏天路上，想洗澡，就只能想想吧！

旅行者旅行在外，就应该能适应所有的旅行环境，这样，你经历了别人无法或不敢经历的旅途，你才能看别人看不到的殊胜风景！怕苦，怕累，怕脏，怕风险，怕孤独，怕有病，怕上当受骗，怕遇上坏人……总之，“怕”字当头，信心不彰，你就成不了一个真正的旅行者！其实，任何一项伟大的事业，都要“敢”字当头，你才有机会成就伟大的梦想！

无法承受各种人生挑战的人，不仅仅只是旅行，恐怕任何卓越的成就都与之无缘！

旅如人生，人生如旅；旅行，可以见人的灵魂，可以见人的真性情；所以，有人说，你要真正地了解一个人，你就和他一起去旅行，他的气魄，他的度量，他的智慧，他的修养，他的性情，他的才识……就会一览无余地展现在你的面前。

当然，旅行，特别是青藏高原的旅行，还有别样的哲韵。一个诗人写道：

如果你爱一个人，就陪他一起到青藏高原去旅行，这片圣域净土，有着一个人最值得与爱人分享的大美山水；在苍茫的荒原上，在晶莹的雪山下，在蔚蓝的神湖边……温情的相伴，轻轻地吟咏，浪漫的人生岁月里，从此便有了一个极致的瞬间……

如果你恨一个人，就陪他一起到青藏高原去旅行，那玛尼堆上刻着的亘古不变的真言，那飘动的经幡在风里不停地念诵，那朝圣途中信徒们叩地揖天的膜拜，那天葬台前尘归尘、土归土的醍醐灌顶……面对这一切的一切，还有什么样的干戈不能化为玉帛……

旅行里还暗藏着多少的生命密码？不旅行的人，永远也不会知道！

第七辑

造化的月光

大漠的黄昏转瞬逝去，清朗的新月把荒原上的一切，都蒙上了一层迷幻的色彩，山形虚化成了影影绰绰的轮廓，广野气凝烟寒，神秘莫测；没有流水映月，只有流风吹过，空旷无际的苍茫中，还有光影的落落……

好旅伴，好心情，好旅行

7 月 22 日　青藏天路，风火山

行走在青藏高原，几乎每个早晨都是朝辉绚烂，大漠吐艳，天色廓青，地弥一线，这也是一天之中，最富有浪漫色彩的一个时刻，天地柔媚，直扑心窝，不由你的灵魂里不绽开一枝感动的花朵。

告别了五道梁小镇，一骑入漠漠大野，首先映入我们眼帘的是几头披着棕色风衣、袒露着浅黄内衫的藏野驴，看上去，一个个都像是风流儒雅、年轻俊俏的潇洒绅士。

小圆惊喜地喊道："大飙，你看这些藏野驴，个个都是一副优雅的样子，多可爱啊！"

是啊，这些藏野驴已经习惯了与人类的相处，只要与人保持一定的距离，它们便不惊不乱，悠然自得；自从可可西里被列为国家自然保护区之后，基本上杜绝了对野生动物的猎杀，曾经常常对着它们的枪口，也已经成了历史；如果有一天，你从青藏高原上经过，有幸看到它们的身影，请从心底为它们祈祷平安，并祈愿人类的欲望再不会危及它们的生存和平静！

如果说不冻泉到五道梁是藏羚羊的乐园，过了五道梁之后，便是藏野驴的天堂啦，虽然也会有藏羚羊的出没，但比起藏野驴来就是凤毛麟角啦。当然，这里的藏野驴基本上一群不超过十头，不像藏北羌塘无人区里，种群头数可达上百；旅行者的越野车从它们身边开过，它们便群起疾奔的来与越野车赛跑，那场面，驴群狂奔，烟尘蔽日，蹄声震天，纷纷飘到越野车的前面，才真是一个让人激奋的场景呢！当然，激奋之余，也会窃笑着骂一声："蠢驴！当年持枪的偷猎者，就是这样容易得手的啊！"

这是我当年走阿里大北环线时遇到的情景，我把这个故事讲给小圆听，她为藏野驴愤然的打抱不平，说："这哪里是驴蠢呢？分明是人坏吗！藏野驴天真可爱，它们本无恶意，人类为什么要伤害它们呢？"

路途之上，没有了雪山，没有了冰川，起起伏伏的山峦，绵绵延延地伸展，反而让荒漠显得更加的狂野；109 国道就躺在这样的山峦之间，我们一会儿费力地登上坡顶，大野苍茫，空阔无边；一会儿又飞车跃向谷底，山幽路转；当然，山都是不高，坡也不大，上上下下，还算是增加了骑行的节奏感；小圆作为一个女孩子，体力还是有限，每爬一个坡都要歇上几次，可她的意志非常的坚定，无忧无怨；有时，她也会说："下坡虽然很爽，但我还是喜欢骑平路，因为爽过之后，便是艰苦的爬山啊！"

大约中午 12 点的时候，过了秀水河之后，明显感觉路的坡度有所增加，车速难超 10 码，每骑个二三十分钟，就要歇口气，何况这里的海拔已是四千七八，氧气不够啊！当然，休息的时候，就好好地欣赏一下大漠的风光，把近旁的藏野驴、山顶上的野牦牛，甚至天上变幻的云朵，一一摄入镜头，亦是骑行中的一件快事……

骑行爬坡，是一件很磨人的事情，特别是在接近海拔5000多米的风火山垭口的20公里，坡“涛”汹涌，前牙盘的小轮，带动后牙盘的大轮，链条被拉得“咯吱吱”地直响，大概也只能跑个五六码，许多地方，还得推车而上，那个累啊，已经不能用气喘吁吁来形容啦，应该是那种让人崩溃的节奏；看着前方似乎没完没了的上坡，我总是对小圆说：“过了前面的那个山口，就到顶啦！”然而，到了，也看到了前面的一个山口！那是最后的垭口吗？

有时，小圆会说：“大飙，这坡咋这么的长啊，总给人一种永远爬不完的感觉。”

我说：“坡再长，也没有我们的脚长，我们每走一步，这坡就短一米，还怕征服不了它啊！反正我们也不赶时间，就好好地陪着这个坡哥玩玩呗，让他知道到底谁更厉害！”

说实在的，人一累，也就没有多少心情赏风景了，但是，为了提高小圆的情绪，我总是先跑到她的前方，把她推车或骑行爬坡的身影摄入镜头，并对她说：“日后，你可以凭着这些照片，让别人知道，你就是以这样的勇气和意志，完成的对青藏天路的大穿越！”

小圆有时会笑着说：“骑行青藏线，苦也苦，累也累，但是，有大飙这样的善于激励人的旅伴，一路走来，绝不会让人崩溃！”

漫漫的旅途中，有一个好旅伴，绝对是至关重要的事情，人在疲累的时候，往往是经不起打击的，好的旅伴，知道怎样护持别人的好心情，有了好心情，才有好旅行！

朝圣者

7月22日

虽然我和小圆从格尔木出来，已经在高海拔的天路上骑行了三四天，但是，在向海拔5010米的风火山冲击的最后10来公里，那稀薄的空气，那一拨接一拨的猛坡，还是给我们的心理和生理带来了不小的极限挑战，当然，对于这挑战，我们在此时此刻，也只能默默地接受，别无选择；坡平的时候还可以骑行，坡稍陡些就得推着……

尽管有些地方，每走几步，都气喘如牛，头晕目眩，极度的缺氧，甚至还会在你不经意间陷于幻觉之中，但是，我们必须推着车子，一步步地独自向前，此时此地，都是在极限的境地挣扎，自顾不暇，实在难以再向别人伸出援手，甚至连说话的气息都不够啊！

转过一个山角，一个身着红色上衣的朝圣者，映入了我们的眼帘，看着他揖天叩地地一步一个头地磕着向前，心里有一种说不出的震撼和感动；小圆眼圈有些发红地说："在这些朝圣者面前，我们吃的这些苦，又算得了什么呢？"

我说："只要心中有信念，就没有克服不了的困难，也没有承受不了的挑战；你看这些朝圣者，他们也是肉体凡胎，但是，为了达成一个心愿，他们愿意承受世俗痛苦的洗礼，最后，让自己化成佛前的一朵莲花，在佛陀悲悯的垂怜中淋淋漓漓地盛放！信仰和信念，成就着人类的伟大和卓绝，特别是人类的信仰和信念，一旦得到了大化自然的灵力加持，就会变得更加坚韧无比和坚不可摧；人的信念若此，一生何事不成？”

休息一会儿之后，小圆也缓过了气，她笑着说：“大飙渴望一生想成就什么心事呢？”

我说：“人的一生，可以不成功，但不可以没志趣；自少年时代，便渴望读万卷书，行万里路，写万篇赋；生活虽然万象纷呈，但是，志趣一景，一定要独出万象，才可活出人生的大智慧，大自在，大创意，一旦心为俗尘所蔽，魂亦自我沉沦，所以，为了人生的大目标，我亦像一个朝圣者一样，常常到大化自然中来磨砺自我，以求得到造化大千的灵力加持；身健魂壮，自然创意独出，目前，已出书四本，不求成为大家，只想让心魂有个安家之处；今日与小圆共圆穿越青藏天路的大梦，日后，你一定将给我带来不尽的灵感和灵动的文字，呵呵，有小圆一路相伴，真好！以后，若天路的美景汇于我的笔下，小圆也一定会成为天路之上的一道殊异的风景线！”

我一番话，说得小圆哈哈大笑，她说：“好啊，我一定要表现好一些，让大飙把我描写得更有内涵，更出色一些！”

当我们从朝圣者身边经过的时候，小圆递给了他 50 元钱，朝圣者双手合十地祝福道：“愿佛祖一路降福你们！”

遇到朝圣者之后，骑行的困难并没有减小，但是，我们的心灵却轻松了许多。最后的几公里，与其说是骑行，不如说是磨路，有一次，我对小圆说："看见前面的山口了吗？转过去，就是风火山最高的垭口啦！"

小圆喘了一口气说："大飙，现在我懂了，我们不走够里程数，不走够一定的时间，最后的胜利，就不会属于我们！以后的路，我会越来越坚强的！"

在接近晚上5点钟的时候，我们终于远远地看到了经幡飘扬的风火山垭口，小圆深深地吸了几口气说："原本在未遇到朝圣者的时候，当到了5000多米的风火山垭口时，我想的是痛哭一场，来发泄我这一路所遭受的苦难，现在不啦，此时此刻，我的心里只有感动，我为自己又一次真正地征服了自我而深深地感动！"

我笑着说："伟大的风火山啊，你亲眼见证了看似柔弱的小圆并不柔弱，她也有着像你一样的伟大和坚韧！"

旅之悟

7 月 22 日　翻越风火山

对于骑行者来说，他们登上的每一座山的最高的垭口，都有着特殊的意义，多少的艰辛，都在这一刻的回眸之中，化成了一道最雄丽的风景线，他们有了啸傲天地的资质，有了目空一切的地位，但是，看看下山的路，他们知道自己最该懂得的是谦卑，因为山的高度还在，而自己却注定将成为过往，遥远的圣城拉萨，还在一座连着一座的大山之后……

当然，每一个骑行者都不会忘记在他们所翻越垭口的最高海拔标牌处留影，因为这毕竟是他们曾经所拥有的高度！卑微的生命，如果有了这样的一些高度的证明，也算是一种灵魂的安慰吧！

小圆突然间问道："这座山为什么叫风火山啊？"

我说还真不知道。正好山口处停了一辆藏胞的货车，司机距我们不远，一打听，司机说："为什么叫风火山，你们看看这山的颜色就明白了。传说当年孙悟空保唐僧西天取经，路过火焰山，没法过去，只好向铁扇公主借宝扇灭火，铁扇公主却把假宝扇借他，悟空拿去一扇，不但火未灭掉，反而越扇火势越猛，烧得孙悟空落荒而逃，一个筋斗落到了昆仑山上，发现虎皮裙的一角还在燃烧，急忙扯下裙角，扔在这里；岂料那火焰山之火乃三昧真火，一经着地，便烧得一发不可收拾，刹那间，变成了第二座火焰山。后来，孙悟空借来真的宝扇，才把这里的大火灭掉，这被烧成红色的一片，就叫风火山啦！”

传说归传说，红色确实是风火山的真颜。我开心地对小圆说："这风火山经过了三昧真火的熔炼，一定灵力非凡，我们经过这里，受此灵力的加持和泽被，也算是不虚此行啦！”

从风火山上下来，坡陡路直，放车而下，双轮生风，稍一松闸，码数就直升到50以上，被压抑了一天的快意，瞬间被释放了出来，那真是一个字："爽"！但是，当我们"飞"了约七八公里的时候，路旁的一辆横躺的大货车，立马让我们有所清醒："不要乐极生悲啊！”

骑行的漫漫途中，在上坡或爬山时，出问题的概率几乎为零，但是，在翻过山顶的垭口之后，一个大长坡，甚至可以达到几十公里，顺坡溜下，如果一味求爽，乐极生悲之事，便时有发生；青藏线上骑行的人少，坡又平缓，没遇到车祸，但是，在川藏线上，山高坡长，往下一溜，就是五六十码以上，不加控速，常常惨象环生；我在骑川藏线时，翻过巴觉山后，一路下坡中，不足20公里的路上，居然发生三起单车事故；快意、畅爽、顺溜的背后，往往就是血的惨痛啊！

俗话说，旅如人生，骑车需要智慧和艺术，做人也是一样啊！

晚上6点多钟的时候，我们骑到了一个只有几户人家的地方，但在路边数百米处有一个道班，因为今天的宿地是二道沟，怕错过，就停车向路旁一家似乎是商店的老板打探消息："这里距二道沟还有多远？”

老板点头一笑说:“这就是二道沟啊!”

我和小圆都大惊,荒僻的大野上有两三户人家,怎么会是传说中的二道沟呢?但是,这确实就是二道沟,并且,客栈也唯老板这一家,而所谓的客栈,就是商店旁边的一处用土墙头围起、用雨布搭起的大篷子,篷下摆着一些床铺,一问价格:“50元一个人!”

我说:“老板啊,就这条件还50元啊?”

老板说:“反正就我这一家,不住也可以啊!”

我突然想起,攻略上说道班也可以住,我就对小圆说:“我们到远处的道班去问问。”

老板一听我们要去道班,立马改了口气:“好吧,30元一个人,不能再少了!”

晚上在这家客栈住的人还不少,除了两位骑行的老人之外,还有从拉萨逆行骑过来的五个骑友。

至于吃,就更别说什么啦!一碗热面35元,唯此一家,这里地僻天远,在这里开一家综合的店,也实属不易,贵些也情有可原啊!其他人都是买的方便面,我和小圆可不敢凑合,骑了一天啦,浑身因为体能透支而有些发冷,不弄碗热饭吃,也不太好能缓过气来呢。

我对小圆说:“不苦不累,不难不险,还叫青藏天路的骑行吗?如果舒服得像骑城市绿道,这路上的骑行者,还不是会多如过河之鲫啊?吃得苦中苦,方为人中人;非凡的经历,是人生中的一份精神财富,是灵魂深处的一曲豪歌,是世俗世界里我们知道自己怎样保持一颗诗心的智慧之源;所谓人中人,不是人上人,而是契悟了人生,并懂得了在任何境遇之下都把生活当成一种享受的人!今天的生活苦吗?其实,每种生活,都是打开我们生命智慧的一扇大门!”

小圆说："大飙不愧是作家，说出话来，都是境清意阔，哲韵悠悠。别的不说，至少我从今天的境遇中，感受到了寻常生活的美丽、可心和温馨！"

造化的月光

7月22日　可可西里，二道沟

骑行翻越海拔5000多米的风火山，确实是一件很让人疲惫的事情，吃了碗热面后，我们就各自上床休息了。约晚上9点多钟的时候，老板来送开水，我说："老板，厕所在哪儿？"

老板笑着说："天空野旷，地僻人稀，门外的国道两旁，你看哪里合适，哪里就是你的厕所了。"

出了门，映入眼帘的景象，瞬间震撼了我的灵魂，大漠空远，落日正红，天青一碧，夕境清逸；二道沟虽然荒僻苍凉，但是，远山含日，辉煌壮丽，无疑是欣赏黄昏盛景的极佳之地……

人间福地处处有，天象一失恐难觅；我急忙回到宿舍，挂上相机，又回到了荒野之上；此时，金乌入山，西天依然还是空明一片，却见一弯新月，已挂天际，与那颗伴月的金星，如珠璧辉映，意趣盈穹；气清云净的高原荒漠，把虚廓玄朗的天象，无碍无遗地呈现于人们的眼帘；光焰慢慢褪去，山廓渐余虚形，新月独出，造化朦胧；静寂的天地之间，仿佛只有一支融融月曲的旋律，在大化宇宙中漾漾的萦回……

我把相机端在手上，正在尽量地平稳呼吸把新月摄入镜头的时候，小圆悄悄地走到我的身后说："大飙好自私，有这么美的夜景，也不喊我一声！"

我说："你都已经来了，那就一起欣赏吧。"

大漠的黄昏转瞬逝去，清朗的新月把荒原上的一切，都蒙上了一层迷幻的色彩，山形虚化成了影影绰绰的轮廓，广野气凝烟寒，神秘莫测；没有流水映月，只有流风吹过，空旷无际的苍茫中，还有光影的落寞……

小圆说："大飙，大漠荒荒，月色朦朦，让人能感受到静寂也是一种力量，在撩拨着人的心灵啊！"

我说："造化的月光，是人类智慧的摇篮；当我们置身于月光下的时候，心灵都会变得诗意、温柔、冲融，并氤氲着一种淡淡的无法诉说的感伤，其实，极致的美，并不是淋淋漓漓地绽放，恰恰是一种染着薄薄感伤色彩的柔婉，因为我们只有在这样的柔婉中，才会明晰地审视自我，才能在静寂之中洞彻自己灵魂的真象，才有可能为自己人生的选择作出准确的判断……

"当我们失恋的时候，如果你置身于月下的水畔，也许我们会让委屈的泪水尽情地流淌，但是，那无语的月光会在这一刻照入你的心灵，让你明白：这首没有写成的爱之诗，会告诉你以后将以怎样的艺术和智慧，去完成未来的创作！

"当我们失败的时候，如果你置身于月下的旷野，也许我们会对着月亮长长地叹息，但是，亘古永恒的月光会在你的吐纳之间，带走你灵魂深处的怨气，让你重拾昔日的勇气和浩气，你会在宁静月光下的深思中，将更深刻地懂得：命运之曲的旋律，在跌宕起伏的演奏中，才会凸显其美，突显其奇！

“当我们被幸运女神宠爱的时候，如果你置身于月下的林园，那如水的月光会照彻你的灵魂，洗去你生命中的戾气和浮躁，平静之中，让你更好地领悟人生的真谛和意义，让你更好地理解：幸运之车，如果不握闸控速，那么，她就有可能把你带入万劫不复的境地！

“如果在我们的人生中，遇到重大的转折或抉择，那么，我们最好静坐于月下，默默地聆听随月光洒落的天语，不管你渴望是取还是舍，不管你渴望是收还是放，不管你渴望是进还是退，不管你渴望是攻还是守……你的心，会在无边宁静的月光里，听懂天语，感受天启，从而在人生的岁月里，不迷失进取的方向！”

小圆说：“置身于当下的月光里，我完全能理解大飙染着月色的语言，虽然我的阅历还很浅，但是，我感受到了，月光宛如天上飘落的音符一样，可以在心灵的琴弦上灵妙地弹奏，旋律舒缓而柔婉，在这宁静的天乐里，我们的灵魂会渐渐地睁开一双洞彻命运的天眼！”

我们正在弥蒙的月色里低语，突然，从远处传来荒原狼的长嗥，小圆有些害怕地拉住我的胳膊说：“怪吓人，我们快回去休息吧！”

修中行，行中修

7月23日　青藏天路，雅玛尔河

从二道沟骑上通往拉萨的109国道的时候，又是一个朝阳无限的早晨，天空极尽净碧之澄澈，大地臻至宏丽之辉煌；气爽风清，山闲野逸；人在途中，自是目及高远，胸旷神舒。特别是从海拔近4800米的二道沟，骑往海拔4547米的沱沱河的60多公里，一路虽有起伏，但总体是顺坡溜下，当然舒服非常……

出了二道沟不久，就遇到了雅玛尔河；苍旷雄古的荒漠之地，忽遇一条大河横亘于眼前，总是让人为之精神一振；水是灵性的象征，不管她以何种形式出现，都将诗意盈盈，歌韵曼曼。

过了雅玛尔河桥，就是三江源最核心的保护区域，被誉之为“中华水塔”，而沱沱河则被专家认定为长江的正源，我和小圆此后几天的骑行，则是循着沱沱河源而上，直抵其源头的唐古拉山！

随着海拔的抬高，过了雅玛尔河，便是永久性的冻土带，大漠更趋于平坦，山峦也没有了拔地而起的雄势，但是，这些看似不起眼的小山，却被称为极高山，因为它们的海拔座座都在5000米之上。

西部的阳光，也许是因为空气极度纯净的缘故，所以，朝阳和夕辉，会给大地带来无比艳丽的色彩，此时的你，如果正行走在荒原，便会发现自己长长的拖在地上的身影，竟然就是映入你眼帘的一道极其迷人的风景，因为那是自己融入大漠的证明！

西部的阳光尽管猛烈，但是，当你的目光移向天空，那无边无际的纤云不染的青蓝里，你感受不到一丝阳光的存在，你甚至会有些怀疑：那霸气凛凛的赤龙，是不是淹没在了那碧幽碧幽的天海里？

西部空气的纯净，还有一个更有诗意的体现；在内地，天地混沌，远方朦胧，可在青藏高原上，天清地晰，地平一线，上下分明，大圆覆方，朗致镜明，毫不拖泥带水，让你不知模糊为何物！

在我们骑到109国道的3111里程碑旁休息时，小圆说："大飙，你看我们天天骑行在这景色几乎完全一样的路上，每天看到的不是荒荒大漠，就是大漠荒荒，这样的骑行，还有意义吗？"

我们还没来得及对这个问题进行讨论，有两个徒步去拉萨的朝圣者，也在里程碑旁席地而坐，其中的一个诙谐幽默，一脸阳光地和我们打招呼。

我说："你们已经走了多少天了？"

他说："已经走了二十多天了。"

小圆说："你们天天就这样行走在大漠之中，不感到索然无味吗？"

他说："朝圣，这是我们藏族人最渴望完成的一个心愿，行走在漫漫的长路上，我们能感觉到佛祖向我们的微笑和祝福！天地是佛祖最伟大的圣殿，行走中，我们将会备受灵力的加持，愈是遥远的路途，我们愈是能感受到与神灵接近的喜悦！我们所理解的修行，就是在修中行，行中修，所以，我们转山转水，不畏长途；行，是为了一步步接近神佛，最终与佛融为一体；修，是为了洗去生命中的业，从而让佛更愿意接纳自己，从此跳出六道轮回；你说，在这样的行走中，哪里会索然无味呢？”

告别了朝圣者，我们继续向前，小圆说：“我承认那位朝圣者说得对，也很让我感动，但是，我一直在想：我们算是朝圣者吗？”

我说：“从更宽泛的意义上来说，我们也是朝圣者！冥冥之中，我们不是也热切地渴望着成就某种生命的伟大和卓绝吗？这与朝圣者渴望与神灵融为一体，有着同等非凡的意义！朝圣者的‘修中行，行中修’，应该有着普世真理的价值；我们今天青藏天路的行走，看似索然无味，其实，这并不仅仅只是青藏天路的行走，这是我们一生修行中的一个重要的组成部分，如果在任何一件事上，我们都修不得正果，试想，我们一生的修行，又能获得什么正果呢？我们在寂寞的行走中，探索了自我，认识了自我，了解了自我，锤炼了自我，丰富了自我，达成了自我，你说在生命的大修行中，我们哪里还会不能成就自我、实现自我呢？所以，如果我们感受到了今天骑行的非凡意义，那么，我们还会感到索然无味吗？”

小圆说：“好！大飙的解释，让我更加明白了‘修中行，行中修’的深刻意义之所在！”

骑行天路上的小幸福

7月23日　沱沱河

骑过了雅玛尔河，虽然进入了永久性冻土地带，平均海拔也抬升到了4800米以上，但是，这里的植被反而更好一些；尽管山坡谷地露有盐碱的痕迹，可差不多还是被憔悴的绿色覆盖，荒野里也不时地会有三三两两的藏羚羊跳入眼帘；中午12点多钟的时候，竟然在路边看到了自骑入青藏天路以来最大的羊群，让我们有些惊讶。

在羊群的旁边，就有一片小水域，灰白色的水渍显示，这水应该不是淡水，更能说明问题的是，羊群就在水畔，却无一头羊饮水；从路的情况来看，这一带也应该是冰融最厉害的冻土地段。

在距羊群约有一两公里的地方，有一片黄房子，但那不是寺院，而是道班。在海拔奇高的青藏线上，道班工人是最辛苦的劳动者；这里虽然雨水不多，但是，冻土地带上的道路，总是最脆弱的，融冰毁路的事情，几乎天天都有可能发生，所以，这些工人，也几乎天天都在路上巡察探看、修修补补；如果有一天，你有幸骑车或自驾穿越青藏天路，一定要把自己的敬意献给他们，没有他们的辛苦，就没有天路的畅通无阻！

二道沟的海拔约4800米，而沱沱河的海拔约4550米，其间60多公里的路程，虽说是起起伏伏，但总的来说是一直在下坡，所以，不到下午2点便到达了长江源头的第一镇沱沱河，看到路旁高擎的“沱沱河”的标牌，我和小圆高兴异常；在传说中，“昆仑山是鬼门关，沱沱河前把眼翻”，谢天谢地，托佛祖的福，我们依然生龙活虎，平平安安！

在摄影和休息的时候，我给小圆讲述了几年前从格尔木租车去拉萨的经历。

那次，我们一起进藏的是六个在格尔木拼车的驴友。也许是过于自信，大家都未带氧气袋（瓶）。过了昆仑山口之后，每个人都出现了不同的高原反应，我应该是属于高反较重的敏感体质，除了头痛头晕之外，就是胃肠极度的不适，在到达沱沱河的时候，高反趋于极致，我有一次竟然呕吐到胃出血；另一个反应严重的是武汉的驴友，在快要到达沱沱河的路上，她突然昏迷过去，大家急忙往她嘴里塞速效救心丸，驴友小王站在路上拦车，想找个救急的氧气袋或氧气瓶，可一直没能如愿，最后，还是从一辆军车上找到一个氧气袋，吸了氧，她才渐渐地缓过气来。

到了沱沱河的时候，司机害怕武汉的驴友出事，一直劝她下车去沱沱河火车站，从那里乘火车去拉萨，我们理解司机，但是，武汉的驴友坚持不坐火车；她在沱沱河的一个诊所里推了葡萄糖，又买了充足的氧气袋，后来，快用完的时候，又在安多进行了补充……

那次租车去西藏的经历，真的验证了“沱沱河前把眼翻”的传说并非虚言！

小圆说："还是骑行去西藏好啊！俗话说，事缓则圆，事缓则圆啊！我们骑车走到了这里，哪里还有什么高反的困境啊！"

过了沱沱河特大桥，又被称之为长江源头第一桥，镇前竟立着一块巨碑，上写："长江源头第一镇唐古拉山镇"。我说："长江的源头在唐古拉山，这'唐古拉山镇'，就是为了彰显此意吧。"

小圆说："唐古拉山自有其风流，在这里弄出个'唐古拉山镇'，有点不伦不类，就像'香格里拉'一词，曾是多么的诗意、大气、宏丽，她本来是指川滇藏交界处的大片地区，可云南竟然把这一词套到了一个地名上，把原来的中甸改名为'香格里拉'，成了一座高原城市，有了这一特指，其空灵之美顿失；原来驴友们口中的转香格里拉，是一次多么的让人心跳而又丰富的探险之旅啊！可现在呢？已经不能说转了，到了原来的中甸，就是玩了香格里拉了吗？我从心里渴望：还是还'香格里拉'一词的空灵之美吧！唐古拉山镇哪有沱沱河的名气大啊？"

沱沱河毕竟是一个较大的镇子，并且，还有青年旅社住宿，可以洗澡，自出了格尔木，终于可以痛痛快快地冲冲身上的汗渍、洗洗衣服啦！幸福！

灵魂之根

7月24日　青藏天路开心岭

在沱沱河吃早餐的时候，老板说："你们今天的骑行，会非常的顺利，从沱沱河到雁石坪的90公里，都是一马平川啊。"

老板的话，真是鼓舞人心；我和小圆兴致勃勃地迎着朝阳出发啦！天空又是清一色的丝云不染、万里无瑕的宝石蓝；山绿天碧，一片空灵。

出了沱沱河不久，很快发现并不是老板所说的一马平川，而是陡坡当前，没完没了，小圆一肚子的兴奋，也便趋于沮丧，真是希望越大，失望越多啊！

不是一马平川，那就爬坡呗；虽然天路上的景色依旧，可小圆却渐渐地失去了照相的兴趣，她说："天天都是一样的景色，天天都是一样的骑行，好不让人感到越来越无趣啊！"

我笑着说："审美的疲劳，终究会转化成一种意志的坚守，当汹涌澎湃的激情渐趋于平淡之时，才是真正的挑战和考验到来之日，耐不住寂寞和单调的节奏，只想直奔辉煌的结果，这结果也会黯然失色呢。我们距拉萨最多还有七八天的骑程，想想在我们漫漫的人生中，竟然还曾经有过一次青藏天路大穿越的历程，你能不会为自己的伟大和刚毅而感到骄傲和自豪吗？打起精神来，我们现在所面对的每一天，都是自己生命之曲中最卓绝的旋律，感受着这样的旋律，我们还有什么不能坚持、不能面对的呢？”

小圆说：“大飙就是会激励人，当心情暗淡之时，就需要阳光来照耀啊！我坚信：我们所面对的每一天，都是非凡的一天；我们所面对的每一片景色，都是诗意和神圣的存在，怎么能失去兴趣呢？”

这一个坡实在是太长了，踏车爬山，又累人，又没有速度，感觉非常无奈，好在这一路的景色有了变化，草地是青绿的，山峦是墨绿的，天空是纯蓝的，道路像一条黑龙虬曲其间，分明的色彩，宛如一幅版画，呈现于眼前，其美其艳，应该说非常让人悦目爽心。并且，墨绿的山上还有许多造型怪异的岩石，青绿的草地上也不时会有高原鼠出没，在这静态与动态之美的撩拨下，我们已不再那么关注踏车的单调和乏味了。

大约在中午11点的时候，我们在爬了一个大猛坡之后，终于骑到一个标牌上写着“开心岭”的地方。

小圆说：“这一路让人烦死啦，还开心岭呢！这是在嘲笑我们吧？”

我打开手机上网查了一下资料，原来沱沱河的海拔是4500多米，而开心岭的海拔接近4800米，这其间的20公里，海拔差不多提升了300米！可谓是“坡涛”惊心啊！而雁石坪的海拔约为4700米；由开心岭开始，便是一路向下了，苦去甘来，岂能不让人开心呢？

小圆说：“看来这开心岭还真是名副其实呢。”

翻过了开心岭，转过一个山角，小圆突然惊喜地喊道：“大飙，你看，雪山又一次出现了！那应该就是唐古拉山吧？”

远远望去，只见唐古拉雪山的群峰绵延展开；我说：“小圆，你看到了吧，那如莲花般盛放的冰峰，应该就是唐古拉山脉的主峰各拉丹冬，她就是长江的源头，她的乳汁养育了长江，从而也孕育了中华民族和中华文明啊！在我们一步步走近她的过程中，让我们好好地欣赏吧，因为她也是你和我的灵魂之根啊！”

小圆一激动，又有诗一首：咏唐古拉——

茫茫宇宙挺冰峰，
滚滚长江自兹生；
浩浩洪波润中华，
大夏之魂接苍穹！

我赞道：“小圆虽是纤弱女性，但诗却大气磅礴，诗如其人，魂魄不输于须眉大丈夫啊！”

小圆笑道：“哪里，哪里，都是深受大飙的影响啦！”

随即，我也吟诵道：

冰山巍巍大河头，
岁月悠悠泽九洲；
炎黄一族兴中国，
从此天下多风流。

第八辑

翻越唐古拉

骑进了西藏界，冰川绵延的唐古拉像一个白衣素袍的天神，在召唤着我们去他的仙宫做客；唐古拉山，威仪万千；青天荡荡无纤尘，雪峰盈盈绽如莲；曾是心头梦中诗，如今大韵在眼前！唐古拉，传说中的佛教在大千世界的根本永固之地，佛祖传法时趺跏的宝座，我们来了，怀着一颗景仰之心……

· 圣域之门

7月24日　青藏天路

骑行天路，往往就与人生无异，苦苦地爬坡之时，常常让人觉得无奈、无助和无望，长路漫漫无头，气喘吁吁如牛，真有濒临崩溃的感觉！然而，一旦置身山顶，那无限的风光奔来眼底时，又让你不自觉地长叹：一切的付出，都是值得的啊！

过了开心岭，虽然算不上是苦尽甜来，但是，却惊喜连连；我和小圆刚刚兴奋的吟罢已遥遥在望的唐古拉，一个长长的缓坡，又把我们送到了一座横跨109国道，巨大的有着藏式风格的石牌坊前，门楣上大书："西藏欢迎你"。

看到这几个大字，我和小圆都禁不住喜意踊跃，小圆说："大飙啊，经过了十多天的艰苦骑行，我们今天终于要踏进雪域圣地的大门啦！我真有点想哭。"说着，忍不住流下两行喜泪。

我递给她两张拭泪的纸巾，笑着说道："我们还不能高兴得过早呢，你看，进入雪域圣地，我们还没有跨过那道几乎是世界上最高的门槛儿唐古拉山呢！"

小圆说:“大飙啊,这次你说错了,唐古拉山并不是最高的门槛儿!”

我一脸错愕:“在进藏的路上,还有比唐古拉更高的山吗?”

小圆说:“有啊;记得一个哲人曾说过:‘在人生的路上,有一座最高、最难以逾越的大山,那就是畏怯!’许多人总是怕这怕那,总是不敢跨出家门,踏上旅程,特别是像骑行青藏天路这样的艰险旅途,敢来者更是凤毛麟角;既然最高、最难以逾越的大山,我们都跨过了,难道唐古拉还能挡住我们前进的脚步吗?”

我说:“小圆的豪气可嘉啊!知道吗?唐古拉山,还真的曾挡住过中国历史上一个最有雄心壮志的大英雄的脚步呢!”

小圆急不可待地问:“他是谁?”

我说:“说来你可能不相信,他就是纵横天下、所向披靡的成吉思汗!当年,他曾亲率大军,准备取道青藏高原进入南亚次大陆,去征服印度、巴基斯坦、孟加拉国、尼泊尔等国,然而,在进军的途中,因为高寒缺氧,生态环境恶劣,致使大批的人马死亡,行至唐古拉山跟前,伟大的成吉思汗只能望峰兴叹,不敢再前进一步;尚未遇敌,已溃不成军,只得无功而返。当年的拿破仑曾经征服欧洲,有一次,在通过阿尔卑斯山的时候,他豪气冲天地说:‘我比阿尔卑斯山还高!’成吉思汗不曾得到喊一声‘我比唐古拉山还高’的机会,这下,就看我们的啦!”

小圆笑着说:“我们哪里能与成吉思汗相比呢?但是,我们可以替他喊一声:‘我比唐古拉山还高!’以此来纪念这位大英雄!”

在石牌坊前,我们留下了自己的身影,并且,还特意把门外的唐古拉山作为背景。

照完相，我还在收拾相机和三脚架，小圆就已飞身上车，快乐地高喊一声：“大飙，我要先你一脚跨入西藏啦！”

· 遇见的通天河

7 月 24 日　青藏天路，通天河

骑进了西藏界，冰川绵延的唐古拉像一个白衣素袍的天神，在召唤着我们去他的仙宫做客；唐古拉山，威仪万千；青天荡荡无纤尘，雪峰盈盈绽如莲；曾是心头梦中诗，如今大韵在眼前！唐古拉，传说中的佛教在大千世界的根本永固之地，佛祖传法时趺跏的宝座，我们来了，怀着一颗景仰之心……

进入了西藏界，唐古拉山前的这一段，已属于可可西里的边缘地带，翻过唐古拉山，就属于广袤的羌唐草原；也许因为这里的植被更好一些的缘故，生长在这里的藏羚羊、藏野驴看上去躯体更硕壮，毛色更光鲜。

自从过了开心岭，骑途基本上已是一马平川，在雪峰的映衬下，大漠显得更加狂野幽阔，小草与大地同绿，远山与天宇共蓝；藏羚羊奔姿轻灵，藏野驴憨态堪怜；我和小圆的悠然骑行，如穿越在动态的立体画卷，可诗，可赋，可感，可悟，可赞，可叹，灵韵触心，浮想翩翩，我和小圆各赋小诗一首。小圆咏道：

苍茫的高原，
神灵的憩园；
他们在大野上漫步，
在冰宫里聊天；
如琵琶般的溪流，
是他们拨动的琴弦；
佛歌隐隐，
禅曲潺潺；
我从这园中走过，
感受着灵力绵绵……

我吟诵道：

虚灵的大漠，
气象万千；
空廓的天宇，
道韵翩翩；
我的心，
似浮云一点；
有时与冰峰私语，
有时与湖泊聊天，
有时拥抱茵茵的绿草，
有时化入无边的蔚蓝……

这些悠悠的岁月，
这些岁月里的月朗风恬，
必将成为智慧之根，
诗与乐的灵源！

诗意氤氲于心，骑行自然轻快悠怡，中午12点左右，我们骑到了通天河桥头；唐古拉雪峰下的通天河，河谷宽敞，流水却不是太多，小圆停车河畔，大声地喊道："这就是《西游记》中的通天河吗？怎么不见了涛天的洪波？怨气冲天的老龟又在哪里？它修炼成人了吗？"

我说："从你的质疑中，我感受到了艺术的力量！作为地理上的通天河，她的上游便是长江源头的沱沱河，她经过青藏高原流到四川的这一段，被称为通天河，入川后便被称为金沙江了；但是，在吴承恩的笔下，她洪波浩淼，惊涛接天，唐僧师徒乘着已修炼了千年的老龟才得以渡河；今天，我们当真的来到了通天河畔，你的心灵深处，还有艺术家笔下的通天河的洪涛在回荡吗？其实，艺术家一定曾经从现实的通天河里获得过灵感，但是，艺术家笔下的通天河与我们眼前的通天河，已经不再有任何的关联了；小圆啊，你不要有任何的失望，如果吴承恩笔下的通天河，还在你的心灵深处波涛汹涌，那么，就让她一直汹涌下去吧！或许有一天，这眼前的通天河，会激发你的灵感，让你写出能更使世界向往的通天河呢！"

小圆说："大飙的话，终于让我明白，什么是生活的真实，什么是艺术的真实啦！"

天地风流与人生风流

7 月 24 日　青藏天路，通天河谷

自从上个世纪末，一个叫波尔的英国人，全程骑行了川藏线之后，骑行西藏，便成了许多人的向往，在他们看来，乘车太快，徒步太慢，唯有一路骑行，大美悠然相伴。是啊，当百公里之外便映入眼底的唐古拉，如果不是骑行，怎能感受到与她渐行渐近的美感和快意？如果不是骑行，这一路的大美风光，哪能容你如此悠然地欣赏，慢慢地品味？

过了通天河大桥，便一直沿着河谷逆流缓缓而上；109 国道右侧的铁路上，偶尔有火车轰隆隆地开过。之后，一切又都归于静寂；也许是因为过于空旷荒辽之故，你感觉不到任何的喧嚣，云是静的，风是静的，山谷是静的，河流是静的，而在这空静之中的骑行者，心底也氤氲着虚灵灵的静妙，这就是人与自然的相互映射吧！

路上，又遇到几个磕着长头去拉萨朝圣的香客，看他们都是专心致志的样子，我们悄悄地从他们身边骑过，小圆好奇地问："他们就这样磕到拉萨，需要多长时间啊？在路上，他们的吃住怎么办呢？"

我说："这要看路程啦，最长的朝圣路，他们往往要用一年多的时间才能最终到达拉萨的大昭寺；过去，他们在路上，往往有一辆拉车作为后勤保障，现在，由于生活好了，几个朝圣者可以有一辆小皮卡或什么车，提供后勤服务；当然，也有净身出来朝圣的，那就只好走到哪儿，吃到哪儿，住到哪儿了，随缘随境，一切都只能听从佛祖的安排啦；不管有没有后勤保障，以这样的充满极限挑战的朝圣方式，如果没有一颗刚毅纯粹的朝圣之心，都是无法完成的。"

小圆叹了一口气说："如果我们也能拥有这样的一颗刚毅纯粹的朝圣之心，试问在这个世界上，还有什么样大梦不能心想事成呢？"

刚刚感叹罢朝圣者，很快又遇到了一个非常奇特的骑行者，一身的黑衣，而他的车子上还插着一面鲜艳的五星红旗，非常的显眼；在经过一个上坡后，我们一起停下来休息，一看他的车子还加了拖斗，生活用具一应俱全，车把上还架着太阳能板。一问，才知道他是一个香港人，是从广州一路骑过来的，他说自己基本上不住旅店，吃住、手机充电和晚上照明都是自己解决。他的话语很少，本想了解他更多一些，可他基本是不太愿意理我们。小圆想与他合个影，也被拒绝了。

因为香港骑行者的车子有拖斗，没有我们骑得快，就先走了。小圆说："这个香港客也够厉害的，没想到在骑行西藏的大潮中，还会有香港的发烧友；只是他那小心翼翼的样子，有失男人的气概！"

我笑着说："人家一个香港人，独骑西藏，有些戒心，也应该是可以理解的嘛。"

由于一直骑行在河谷中，水的灵性，让荒荒大野也有了勃勃的生气，天蓝，水绿，碧草在目，逸云悠远，山色迷蒙，冰峰皑皑；路随河转，心随波动；如果没有水的装点，茫茫荒漠便只有逼人的霸气和枉心的骨感；于是心中咏诗一首：

灵波漾漾润大野，
气象蓬蓬呈神境；
生命如原智若水，
人间风流任我弄！

小圆笑道："大飙就是大飙，由天地的风流，联想到了人生的风流，真有你的，不愧是诗人，是作家啊！"

我说："旅行的本质，其实，就是吸纳天地的灵气，并在生命的岁月里不断转化为人生智慧的一个过程；中国绘画追求的最高境界，便是其绘画过程，就是'与造化自然神遇而迹化'的过程，当然，也是悟道、契道和得道的过程。有道在心，便可以一摄万，万化一收，若得此道大道的智慧，岂能不风流一生？"

天路精神

7 月 24 日　青藏天路，雁石坪

骑行西藏，不管走的是哪一条线，那一路的大美风光，都是造化送给旅行者最瑰丽的礼物，每天的太阳都是新的，每天的景象也都是殊异的，也许会有那么一些时刻，身体的疲惫短暂地夺走过我们接纳礼物的情趣，但是，这样的旅途，终将成为我们生命之曲中最富有诗意和激情的旋律！

我和小圆这一路的诗唱韵和，无疑让自然的灵性融入我们的生命之中，有了更多的契机，以佛眼看来，万象说法，心要虚接空纳，方有“月映寒潭、水月共明”的大境，咱不修禅，就用诗与造化自然来个灵犀互动吧！

沿着通天河的滢滢碧波，下午 4 点多钟，我们骑进了唐古拉山下的雁石坪小镇，她也是我们骑入藏地的第一镇。她一面临山，一面临水，看起来应该是灵气氤氲之地，但是，小镇约 4800 米的海拔，注定她不太适宜于人类的生存，所以，看上去有些破败和苍凉。

我们在一家客栈住下后，小圆问老板：“这个小镇，为什么叫雁石坪？”

老板说：“相传当年唐蕃和亲，文成公主的送亲队伍走到这片平坦的滩地时，已日暮时分，便准备在此歇息；那时，这里还没有人烟，只有一些野雁鸣于通天河谷，文成公主便称此处为雁石坪。”

正说话间，忽然从纵贯通天河谷的铁路上传来火车的轰鸣。我说：“铁路、公路，都从这里经过，看来这个小小的雁石坪，还是交通的咽喉要道啊！”

老板深深地叹了口气说：“没有当年西藏公路的建设，哪里会有雁石坪小镇啊？最初，雁石坪这个名字，只存在于马帮驼队的传说中，因为这里海拔4800米，冬天空气里的含氧量，只有平原的一半强，平均温度是零下3摄氏度，根本就不宜于人类生存；20世纪50年代，西藏和平解放后，藏区的贵族控制着粮食的交易，一斤青稞面竟然向解放军收取十个大洋，一斤牛粪饼是四块大洋，他们叫嚣：‘要把解放军困死在西藏。’为了解决当时的困境，18军的慕生忠将军临危受命，亲率有4万多峰骆驼组成的大型运输大队，奔赴西藏，到达拉萨时，骆驼已不足2万峰。面对这样的困境，慕将军亲自找到彭德怀，要求修一条青藏公路；获批后，他专门为自已照了一些照片，分送给老战友，却一张也没留给家人，他说：‘如果我在修路时牺牲了，就算是留个纪念吧！’”

说到这里，老板有些哽咽，他接着讲道：“1954年5月，慕将军带领修路大军，在格尔木挖下了筑路工程的第一镐，从此以后，慕将军便手持一把柄上烙有‘慕生忠之墓’的铁镐，与筑路战士同甘共苦，他说：‘如果我死了，这把铁镐就是我的墓碑！’”

听到这里，我和小圆都忍不住流下了感动的泪水……将不畏死，兵岂惜命！

老板说："当公路修到雁石坪的时候，一个从西宁招募来修路的驼工小韩，他当时才17岁，慕将军非常的喜欢他，还常常省下自己的一些食物送给他，并对他说：'等公路修到拉萨的时候，我亲自为你挂上红花，你是我们筑路大军中的小英雄！'然而，小韩终没等到那一天，他病了，得的是高原病，这病在那个时候、那个环境里，是不治之症，他最后死在了慕将军的怀里；当年的筑路大军中，就有一千多人像小韩一样默默牺牲了！从格尔木到拉萨，每修路一公里，至少就会有一个人倒下！慕将军亲自把他葬在雁石坪外的一片平滩上，并亲手写下墓碑：'小韩之墓'，因为不知道他的名字；这片平滩将军也起名韩滩。

"经过了8个月拼死奋战，青藏公路于1954年12月全线贯通！慕将军带领他的筑路大军，创造了世界筑路史上的奇迹！慕生忠将军也因此被人们尊敬地称为青藏公路之父。青藏公路建成后，雁石坪成了当时这大片无人区里的重要补给点和驿站，特别是2001年修筑青藏铁路时，这里是筑路大军的大本营，你看小镇上大部分的房子，还都是那时为筑路而修的整齐划一的建筑呢！"

小圆说："天路精神，将永远闪耀着中华民族之魂的光芒啊！今天，我们来了，不能仅仅只是走过，还应当让这精神照亮我们未来的人生之路啊！"

老板笑着说："是啊，人一定要有某种伟大的精神，才能浩气盈胸，立地顶天！"

我问老板韩滩在哪个地方，想和小圆一起去看看，老板笑了笑说："雁石坪不大，但野狗挺多，还是别去了吧。其实，韩滩就在你们来时的路上,经过了,只是没注意吧。”

小圆说:“大飙,我挺怕狗的,你也别去了,安全第一,别节外生枝啦!”

·祈　祷

7 月 25 日　青藏天路

早上起来,客栈对面的那片绿色的山坡,披上了妖艳的晨光,狼牙般凸起的山顶上飘着一道道的经幡,还可以隐约地看到有人在山上转经。小圆说:“大飙,你看山上的那些人在干什么?”

我说:“雁石坪距安多只有一百多公里,而安多是藏传佛教最重要的教区之一,所以,这里的建筑和信仰,都充满了藏韵,而转经则是藏胞们宗教信仰里每天的必修课;估计在那经幡飘荡之处,应该还有刻着经文和六字真言的玛尼石堆,那些藏胞在围着玛尼堆和经幡转经祈福呢!”

客栈旁边有一家很不错的餐馆,因为今天要翻越唐古拉雪山,我们一人要了一大碗羊肉汤,外加一个大油饼,临走,又要了两个路上加餐。骑行是个体力活,我们的驼包里,常备的还有牛奶、巧克力、压缩饼干等。

今天又是一个长天一碧、山色空明的好日子,气清润肺腑,风顺宜骑行;哪知我和小圆刚跨上单车,还未骑出街道,不知从什么地方，一下子钻出了二三十条野狗，狂吠着直向我俩冲来，吓得小圆连呼：“大飙，救命！”下车时还差点从车上摔倒。

我急冲到小圆的身旁，把车子横挡在我们的前面，如果野狗玩真的，我还只能选择与它们肉搏啦！庆幸的是，野狗的狂吠也只是虚张声势，它们扑到距我俩还有两米的地方便停了下来，我一边盯着它们，一边安慰身后吓得直抹泪的小圆说：“别怕这些龟孙子，看它们哪个敢上来！”

哈哈哈，说实话，我也是虚张声势，它们若是群起而攻之，别说保护小圆啦，恐怕我自身都难逃厄运！还好，这群吓人东西，在头狗的率领下与我们对峙了两三分钟，似乎突然对我们失去了兴趣，哗啦一下便都一起跑开了，小圆长长地吸口气说：“真吓死我啦！昨天老板说雁石坪的野狗多，我还以为是吓唬咱呢，幸亏我们没去韩滩！要在荒郊野外，碰上这群饿狗，还不撕吃了我们啊！”

出了雁石坪，109国道依然沿着通天河逆流而上，虽是上坡，但今天特别的顺风，人在车上，背后如推，这真是少有的幸运。

上午不到10点的时候，路边的山顶上，出现了自格尔木以来的第一座让小圆惊叹不已的白塔和煨桑炉；我对小圆说：“白塔和煨桑炉，都是藏地最有特色的佛宝的象征；白塔一般都会建在有圣迹出现的地方，塔内供奉有经卷、佛像或高僧的灵骨，让人们膜拜、祈祷、转经；煨桑炉就相当于寺庙经堂里的香炉，人们在炉中点燃桑枝或松枝，让那袅袅升起的轻烟，把人们祈祷时的心愿直送西天佛国。以后，这样的白塔和煨桑炉，将成为藏地的一道殊异的风景线，在我们骑行的路途上会随时可见。”

小圆说：“我们能不能去拜拜呢？”

我说:“当然可以啊！佛心悲悯,救一切众生脱离苦海,我们虽不是佛教徒,但是,佛恩如日,我们来了,就一定会沐浴在佛的神光里。我们不必爬上山顶，心诚则灵，就让我们站在路边，向神塔祈祷,让佛祖保护我们一路平安吧！”

我和小圆停车路旁,双手合十,低首含额,向着山顶的白塔,默默祈祷起来……

行在青藏天路,美则美矣,但是,最牵扯人心的恐怕还是“安全”二字啊!

格拉丹东

7 月 25 日　青藏天路

告别了雁石坪之后,我们一直逆流而上地骑行在通天河峡谷里,山绿如玉,水明似镜,天净如洗,纤云不染;骑行于恢廓之间,恍若置身于童话之境。虽然一直在爬坡,但是,风大而顺,并不影响骑速和心境。

我和小圆虔诚地向山顶的白塔祷告后,转过一个山角,109 国道旁现一岔路,路牌上标明是去“格拉丹东”。小圆说:“多美的名字啊! 是一个小镇吗?”

我指着前方愈来愈清晰地呈现于眼帘的唐古拉山说,在那一字排开的冰峰中,最高最雄的那座就叫格拉丹东,她是伟大的唐古拉山的主峰,万里长江,就孕自她的冰川上滴落的融水。可惜我们不是探险家,无缘前去一睹这美妙的圣境!

小圆说:“今天我们能一睹格拉丹东雪峰的雄姿,已经满足啦!问题是,人们是怎么知道她是长江之源的呢?”

我说,我曾经读过长江探源的报道。

在青藏公路未修之前，这一带是广袤的无人区，只有马帮驼队或游牧的藏胞偶尔经过这里。在过去的岁月里，曾经有过一些国外的探险家，试图揭开长江的面纱，但都因环境太过于恶劣而无法达成目的；中华人民共和国成立前后，曾经一度流传黄河、长江同源，皆发源于青海玉树的巴颜喀拉山；后来，根据世界上共同对河源的认识和规则，证明了长江源并不在巴颜喀拉山，那么，她的源头在哪里呢？

20世纪的70年代，国外的一些探险家又一次掀起探查长江源头的考察热，为了抢在外国人的前头，我们在1976年8月，组成了20多人的考察队，并借助于军队的航拍资料，终于探明沱沱河为长江源，并沿沱沱河直溯到源头的格拉丹东雪峰，从而填补了关于长江源的空白，并且，向世界证明了：长江是亚洲第一、世界第三大河，长度是6400公里。雁石坪就是当年考察队探源长江头最后的大本营。

小圆说："我家就在长江边上，每天看到的都是她的洪波浩荡、汹涌奔腾的气势，谁曾想到她的源头，却是我们眼前的这些枝枝叉叉的细流，是冰山上最初融落的滴滴雪水？现在我们就行走在长江之源，想想，就如做梦一般！"

我说："星星之火，可以燎原；涓涓细流，足孕大川；其成就的秘诀便在于'自强不息'这四个字上！凡持有初心、恒运不辍者，终必有成；以天道为师，我们就会知道该怎样创意地开拓自己、智慧地成就自己，你说呢？"

小圆说："大飙说得是。"骑途中，小圆又酝酿了小诗一首：

格拉丹东，

雪域的美少年；
他在梦里，
听到了海神女儿的呼唤；
相思的泪水，
滚落山岩；
在冰冷的高原上，
化成细流涓涓；
少年的心，
感动了无数的溪川；
汇成长江，
奔向蔚蓝；
洪波汹涌，
穿峡越涧；
载着爱的消息，
呼啸而前；
爱是最伟大的力量，
浩荡于天地之间……

伟　大

7月25日　青藏天路，唐古拉山兵站

唐古拉山犹如一面圣洁的旗帜，一直召唤着我们前进；骑行，因为没有风驰电掣的速度，所以，可以尽情地饱飨视觉的盛宴；那愈来愈近、愈来愈雄耸于眼底的雪峰冰川，那冰山之下溪水蜿蜒的宏阔草原，在蔚蓝空碧的背景里，形成了一幅霸气凛凛而又灵性卓卓的瑰丽画面，让人的胸中氤氲着诗意的感动和禅韵的超逸，旅于这样的途中，我们一定要在心底不断地提醒自己：慢慢地走吧，即使是一个过客，也要让灵魂在这环境里尽性地撒个欢儿！

每次跨越溪流，心中都有着莫名的兴奋；水，是自然灵性的象征，万物峥嵘，万象蓬蓬，无不依托水的氤氲而入化境，特别是青藏天路上，风燥土焦，荒寂一片，水更是这寒漠大野里的珍惜品，所以，每每经过桥头，都要把这些屈指可数的如琵琶状的溪水摄入镜头。这不，七里河又进入了我们的视野，水流不大，却被碧净的天空给染上了蓝色，煞是好看。这应该是我们翻越唐古拉之前的一条最大的流水了吧。

小圆说:“七里河,七里河,在这洪荒之地,七里是从哪里算起?”

我说:“这里天静地寂,行人绝迹,答案难寻,就把问题暂放心底吧。”

中午 12 点多钟,我们到达唐古拉山兵站。看着绿色山坡下的那一排黄楼,我和小圆都有一种说不出的激动;小圆说:“这里的海拔 5000 多米,官兵们常年生活在这个高度上,真不容易啊!”

我说,是啊,从高度上来说,这是名副其实的天下第一兵站!有牧歌唱道:“唐古拉,唐古拉,天上白云伸手抓;赶着羊群走一遭,差点难见爹和妈!”一个曾在唐古拉山兵站服役的战士,当年曾写诗道:“儿当兵到多高多高的地方\儿的手能摸到娘看见的月亮\娘知道这里不是杀敌的战场\儿却说这里是献身报国的好地方\儿当兵到多远多远的地方\儿的眼看不到娘炕头的灯光\儿知道娘在三月花中把儿望\娘可知儿在六月雪里把娘想?……”

有人说:“在雪域,他们是飞得最高的雄鹰。”这话说得一点都不错,在这个世界上含氧量最低的兵站里,战士们不仅要挑战生命的极限,更要承载戍边卫国的使命担当!生活在这里的人们有“三大”,即心大、肺大和肝大,因为在这海拔 5000 多米的高度上,即使是平路空身行走,也相当于在内地负重 50 斤的效应,何况他们还有训练、巡防、抢险、救灾等任务呢?所以,罹患心脏病的风险极高,但是,面对这样的困境危象,战士们无疑用自己的忠诚、信念和毅力,诠释了什么是伟大,什么是精神!

小圆听了我的话,笑着说:“听大飙这样一说,我也为自己自豪了一把!既然在这里空身平路行走,就有内地负重 50 斤的效应,我一个弱女子,骑着载满行囊的单车,跋山涉水、翻越唐古拉山,该是多伟大啊！”

我说：“小圆说得对，战士有战士的伟大，我们有我们的伟大！我们走出了家门，来到了唐古拉雪峰前，左看看，右看看，除了我们这两个骑行者，还是我们这两个骑行者，就这还不值得我们自豪一把吗？”

小圆说：“乘着豪兴，我们一鼓作气，翻过唐古拉雪山，就在今天！大飙，我们走！”

翻越唐古拉

7 月 25 日　青藏天路

行走在人生的路上，每一天，都有着非凡和殊异的美韵；因为行走，我们遇见种种瑰景丽象，遇见瑰景丽象中的超卓的自己；路途之上，虽然我们要不断跨越许多的坎坎坷坷，但是，正因为有了这些坎坎坷坷的历练和大美气象对心灵的浸润，我们才拥有了谱写伟大和卓越的生命之曲的能力、智慧和激情……

自从骑行青藏天路以来，哪一天，不是生命中诗情歌意的过往？哪一天，前路不是充满着机用互综的妙像？身心的历练，已经成就了我和小圆像野牦牛一样，可以在 5000 米左右的海拔高度上自由行走的体魄，所以，当我们一步步向唐古拉雪峰走过去的时候，心中除了对圣山不尽的敬畏和崇仰之外，再没有了任何的畏怯之情。

过了唐古拉山兵站，格拉丹东冰峰，虽然距我们还有近 50 公里之遥，但是，她已突兀地映入了我们的眼帘，冰漫雪拥的群峰，仿佛近在眼前似的伸手可及。风顺路平，我们像飞鹰一般向她靠近；小圆一边快速地蹬踏着车子，一边惬意地说：“看来这 40 多公里的路程，我们要不了三个小时，就翻过了唐古拉！”

然而，骑了 20 多公里之后，坡度渐增，速度也一下子降到了个位数，看来海拔高度已进入了 5000 米以上；在这个高度上，骑平路还行，可猛坡一起，稍一加力，便气喘如牛，心跳加急，刚才的兴奋之情，也骤然降到了冰点；虽然风顺且猛，但似乎并不能给我们的爬坡带来多大的帮助，只好骑一段歇一会儿，歇一会儿骑一段，力用得不少，可骑出来的路程却寥寥无几，神圣的唐古拉，似乎要给我们这两个闯入者一点颜色瞧瞧；小圆再也笑不起来了，甚至连话她都不想再说一句，此时，连喘气都困难，谁还有力气说话呢？

特别是在距唐古拉山垭口约有十四五公里的时候，陡坡骤起，躬身推车，都要三步一歇，五步一停，心跳之速，如极限运行的火塞，突突直撞，真怕它一时燃油供应不及停了下来；呼吸，更是像拉风箱一般，小嘴张得像瓢似的，可就是感觉不到有氧气进入肺中。天空还是纯蓝的，雪峰还是纯白的，山坡还是纯绿的，云朵还是诗意的，唐古拉的圣域还是美焕绝伦的，然而，此时此刻，我们眼里只有漫漫的长坡和跋涉艰难的步履……

小圆大口地喘着气说：“大飙，这个时候最最幸福的事情，莫过于有人愿意用车载上我们，哪怕是只有一公里啊！”然而，大货小车，也都是在吃力地爬着陡坡，谁还关心两个骑行者呢？

推车往上爬了三四公里，来到了一个垭口，再看那些头顶冰盔的雪峰，一座座就立在身边，休息的时候，我开心地说：“小圆，你看冰川多美啊，好像就在我们身边啦，我们去雪原上走一走吧！”

小圆说：“拼死拼活地去唐古拉山口，还不知道什么时候能到呢，还想去冰川啊？大飙，这恐怕是作死的节奏啊！”

过了这个垭口，竟然是一个大下坡，说心里话，这个时候，最怕的就是下坡，因为一个下坡的风流，竟然要用数倍的上坡来还债啊！但是，下坡在前，也不能不下啊！一溜烟地冲过去，坡底处，竟然是一个写着“3333”的里程碑，这是一定要留影纪念的。我对小圆说：“唐古拉山口前的里程碑是3342，看来我们距山口还有9公里！”

接着，便又是上坡！推车约1公里，坡缓了一些，再加上顺风劲吹，竟然可以骑行啦！虽然骑得慢，但也比推车快一些。人行在海拔5200米的高度上，累是累些，喘也喘些，但是，极顶的风光，更幽寂，更大气，更仙灵，蓝天，雪峰，白云，草地，湖泊，构成了一幅更加透魂撼心的画面！

我们一个里程碑一个里程碑地数着向前，每骑完一个，我们的心里都蕴积一点喜悦的笑意；我们一步步地感受着穿越冰川雪峰间的诗意，虽然是疲惫至极，但是，我和小圆依然彼此激励着对方，一定要把这绝伦极景收入眼底，收藏心灵！这次骑行，应该是我们一生的绝版，我们所经历的圣境，难道不也是我们此生的绝版吗？

在距唐古拉山口还有一两公里的地方，我们终于远远地看见了飘扬在垭口处的经幡！小圆指着前方，一字一喘地说：“大……飙，我们……就……要……到啦！”

是的，我们就要到啦！一路之上，不管历经了多少的磨砺，但是，我们战胜了自己，抵达了期许之地！虽然唐古拉还不是我们的最终目的地，但是，我们就要走过漫漫征程中最难以翻越的大山，我们将更有信心地走向未来……

生命的意义

7 月 25 日

当人们习惯性地发问“生命的意义在哪里”的时候，你可知道，这意义就在自己的选择中？当你选择了让岁月之笔，蘸着历练之墨，抒写诗意人生之后，每一次的回眸来路，看到的都是峰青谷幽，畅望前途，无不是万象峥嵘；激情满怀的你，在这回眸与畅望之时，胸宏臆廓，你还会再问生命的意义在哪里吗？

我和小圆选择了骑行青藏天路，我们才有了融入这一路的大美圣境的机缘，才有了用双脚在岁月之琴上雄奏生命曼曲的畅爽，才拥有了一种可以一览天下的视界高度，才有了我可以诗意地书写这一路蕴藉风流的笔触！经历，唯有经历，追求的经历，奋斗的经历，创造的经历，铸梦的经历，开拓的经历，探索的经历，攀越的经历……才能真正地诠释生命的意义！

下午 5 点多钟，经过最后的冲刺，我们终于站到了唐古拉山的垭口上；艰难的爬坡，呼吸的困顿，心跳的急促，这一刻，都化成了“与雪峰比肩，与白云为伴”的豪迈！我从高挂的经幡在风中的长吟里，听到了祈福的歌声；我从晶莹冰川的无声的静默里，听到了来自神秘天国的祝福！这是海拔5230多米的高度，带给我的幻觉吗？

我和小圆久久的徜徉在山口，尽管缺氧带来的高反，让我们有些眩晕，走路也有一种飘飘欲仙的感觉，但是，这个高度，是我们一次次地突破生理与心理的极限后得到的，她当然是我们将永远拥有的成果，也许，我们转身之间，这成果就将成为生命的过往，但是，这个高度，将永远属于我们的灵魂！

我们的人生，固然需要像水一样向下向低的谦卑自牧，但是，我们也需要拥有自己的像冰一样覆峰向上的精神高地！

面对着眼前的冰川，小圆轻轻地吟诵道：

伟大的唐古拉，
盛开于天国的法莲；
曾多少次的梦里，
吟咏你花瓣上的真言！
如今一颗赤诚的心，
正供奉于你的圣坛；
那来自古老冰川的风，
可是你悲悯的垂怜？
愿神的祝福，
在我的生命中永远绵延……

随后，我也灵动于衷，吟咏道：

洪荒的岁月，
流过唐古拉的冰峰；
一个世纪接着一个世纪，
冰峰依然晶莹；
伟大的成吉思汗，
矫健的雄鹰；
铸就不朽功业的脚步，
骤停于格拉丹东！
英雄逝去，
鹰心仍跳动于后人胸中！
我来了，
在峰巅慰祭英灵！
如今已是崎岖化坦途，
盛世开太平，
朝圣去拉萨，
佛花佛果遍旅程！

唐古拉，雪峰耸立，群岳绵延，谷空壑幽，地僻山远，置身此间，怎能不灵光浴心，福音盈耳？诗意，禅韵，踊跃于胸，怎能不灵感如涌，诗句如流？

励　志

7 月 25 日　唐古拉山

我和小圆还在赏景和摄影的时候，有两辆自驾车停在我们身边，从车上下来六七个人，都有不同程度的高原反应，其中的两个女子，脸色蜡黄，呕吐不止，半天才缓过一些气来；其中的一个女子对小圆说：“我真的好羡慕你啊！我坐车上来都受不了，你竟然骑车骑到了海拔 5230 多米的唐古拉山口！英雄啊！”

女子的话刚落音，一个男子说：“你们骑车上来，都还这么精神！我老婆和女儿，都头痛头晕得下不来车呢！”

小圆说：“我们是从西宁，一程接一程踏车过来的，都骑十多天啦！所谓的高原反应，都在这十多天里，被我们一一化解啦！你们自驾的速度快，一下子从平原飞到唐古拉的山巅之上，又是缺氧，又是体内外的气压失衡，娇弱的身体哪里适应得了？但是，大自然自有其守衡的法则，经过不断地调整，你们的身体很快就会恢复生龙活虎的常态！”

女子说：“小姑娘真会说话！听你这么一说，我感觉好多啦。”然后，招呼她的朋友：“来，来，我们跟两位骑行英雄合个影，也算是对我们这次西藏之行的激励啦！别再强调这困难那困难了，你看人家一个年轻姑娘，都能骑车去西藏，我们还有啥说的呢？”

合影后，那个女子从车里拿出两根黄瓜、两罐红牛，分别递到我和小圆的手里。我说：“骑行在青藏路上，还能吃到黄瓜，真是太感谢啦！”

随后，他们到唐古拉山口标志牌那里去照相。小圆说：“还真有些饿了，黄瓜我们先处理了，红牛留着明天爬山时喝；大飙，你先收着。”

看看时间，已经晚上6点多了，正准备下山，在路上常遇到的两个骑行青藏线的老人，也骑上了山口，看到我和小圆，竟然主动地和我们打招呼，也许是这几天常常照面的缘故，两位老人脸上那拒人千里的冰冷看来消解了许多，其中的一个老人主动自我介绍说：“我姓徐，双人徐。”老徐又指着另一个老人，调侃般地说：“他姓付，人一寸的付；你看，他比我还高，看来不止一寸呢！”说得我们都笑了。

随后，我们相互作了自我介绍。原来，两位老人都来自武汉，老付68岁，老徐64岁。从武汉一起来骑青藏天路的共有六个老人，其中四个都掉队了。看着两位老人，也像我们一样，翻山越岭，长途骑行，一路爬上了海拔5231米的唐古拉，怎能不让我们肃然起敬呢？如果我和小圆，成了刚才那群自驾者的励志榜样，那么，这两个老人，现在岂能不是我们的励志榜样呢？

老徐说：“小王，今天你们住哪儿？”

我说：“除了天下第一道班，还能去哪儿住呢？”

老徐说：“听说那里免费提供住宿，是真的吗？”

我说：“我也是听说，不免费今天也得住那里啊！都这个时候了，谁还有力气，再翻过海拔5000多米的小唐古拉到达安多呢？”

老徐说：“这倒是真的，反正我们已经没有力气再往前走啦。山上风大特冷，我们照几张相，你们先下山吧，一会儿道班见。”

看着两位老人的背影，小圆叹了一口气说：“我今年刚好20岁，48年后，我还能重骑唐古拉吗？我还有缘重骑唐古拉吗？”

我说：“愿佛祖保佑我们：福缘随处起，大愿不走空！”

第九辑

事缓则圆

对于一个骑行者来说，上坡考验的是毅力，下坡考验的便是智慧！特别是像唐古拉这样的一座海拔5230多米的极高之山，其坡度也在极限之上！上坡的举步维艰，与下坡的风驰电掣，又成了极致的反差；举步维艰的迟慢，可以说是安全的一副有效的盾牌；而风驰电掣的爽快，弄不好，就让你成了一支仿佛射入地狱的飞箭啦！所以，溜大坡，一定要在激情和理性、爽快和安全之间，把握好平衡、节奏和速度！

事缓则圆

7 月 25 日　唐古拉山

对于一个骑行者来说，上坡考验的是毅力，下坡考验的便是智慧！特别是像唐古拉这样一座海拔 5230 多米的极高之山，其坡度也在极限之上！上坡的举步维艰，与下坡的风驰电掣，又成了极致的反差；举步维艰的迟慢，可以说是安全的一副有效的盾牌；而风驰电掣的爽快，弄不好，就让你成了一支仿佛射入地狱的飞箭啦！所以，溜大坡，一定要在激情和理性、爽快和安全之间，把握好平衡、节奏和速度！

我对小圆说："下山时，一要控速，二要保持车距；我们已经憋屈一天了，释放情绪时一定要适可而止，切忌乐极生悲啊！"

我和小圆跨上单车，冲下了唐古拉山口，轮子便疯也似的狂转起来，刹车略松一点儿，速度便破了 50 码之数，两耳风声轰鸣，双眼目不转睛地盯着前方，直道上来个激情之花怒放！弯道出现前，远远的便控闸收速，不敢有半点懈怠……

下山下了有五六公里的时候，远远地看到前方路边躺了一辆自行车，旁边还坐着一个人，我减速停在他旁边，一看，是一个年轻的骑行者，脸上带伤，手上虽有手套，但可以看到有鲜血在流，身上的衣服也擦破了几处，不等我问，他就主动地告诉我："大哥，骑得太快，摔啦！"

这时，小圆也跟了过来。她说："咋摔成这个样子啊？还能骑吗？需要帮助吗？"

伤者说："没事，穿的衣服厚，只是擦破点皮。"

我问："今晚住道班吗？"

他说："不住了，我的两个同伴儿前面走了，我们今天住安多！"

小圆吃惊地说："都这个时候了，还往前赶啊？到安多，还有七八十公里，何况还要翻越海拔近5200米的妥巨拉山（俗称小唐古拉），这是要拼命的节奏啊？你摔伤了，今晚就住道班吧。"

他固执地说："这怎么行啊？他俩已经骑过了道班，还等着我呢；何况也不能因为摔一下，就改变计划！"说罢，他从地上站了起来，扶起车子看了看，说："可惜码表摔坏了！"随后向我们打个招呼，"走了！"他跨上车子，一溜烟地扬长而去了。

小圆说："又是一个拼命三郎！看来是想创造青藏线上的骑行新纪录吧？这种骑法，有意思吗？"随后，小圆又对我说："大飙，我看你刚才就要得太快啦！还说我不要乐极生悲呢，你自己也得悠着点，这要是摔了，可不一定有刚才那小伙子的运气好呢！"

我连声说是，是得悠着点啦！并来个顺口溜：

顺坡溜下看似爽，
激情撩得心发狂；

一失前轮千重恨，
万里河山空茫茫！
空茫茫，
魂暗伤，
不如稳稳到拉萨，
尽赏圣地好风光！

后面的溜坡骑行，眼前总会呈现小伙子被摔的场面，心里总是寒寒的，便再不敢上40码啦！可谓是：大意失荆州，小心得江山，人间多少事，急则败缓则圆啊！

意外的免费，意外的感动

7月25日　唐古拉山，天下第一道班

从唐古拉山口溜坡而下，简直就像出闸的洪流，一泻千里，十多分钟后，转过一个山角，在积雪片片的山坡下，赫然呈现了一片黄房子，这应该就是坐落在海拔5100米处的天下第一道班啦！

我和小圆推车进入大门，大院里空落落的没有一个人，在一座二层小楼前，我大声喊道："有人吗？"

从楼上下来一个瘦瘦的，穿着工装上印有"西藏公路"标志的中年人，他面带微笑地和我打招呼，我说："老板，今天要给你找麻烦了，我们可以在此借宿一晚吗？"

中年人说："可以，可以！别叫我老板，我是这里的工作人员，叫同志吧！"

随后，他把我们领到一排有高高台阶的房子里，每一面的墙上，都挂满了锦旗；他说："这里有内外间，可以住下十来个人，你们来得早，可以随便捡床睡。住宿和开水，我们免费提供，如果高原反应严重，我们还提供免费吸氧；还有什么需要，你们尽可以提出来，我们尽量满足。你们先休息，一会儿水烧好了，我给你们送过来！”

小圆听他说完，吃惊地说：“传说天下第一道班免费住宿，这还真是真的啊！”中年人笑了笑，走后一会儿，就给我们送来两瓶开水。

唐古拉山之上很冷，但是，我们却在这里，感受到了最最特别的温馨和感动！

从早上喝过羊肉汤之后，一路上，再没喝上过一口热汤；两瓶开水，唤起了我们的食欲，先用奶片一人冲了一杯热奶，又拿出压缩饼干和零食，吃了个痛快。

我和小圆本想用手机给家人报个平安，可是，信号似有若无，根本打不出去；我们就想到外面去碰碰运气，走到大门外，也没有把手机打通；这时，老徐和老付先后从山脚处顺坡溜了过来，老徐问：“这里可以住吗？”

我说：“不但可以，还真是免费住宿！”

老徐叹了一口气说：“最有条件宰人的地方，却免费了！雷锋的旗帜，真的飘扬在了青藏天路最高的山峰之上了啊！”

随着老徐、老付的到来，陆陆续续又来了几个骑友，其中的一个骑友说：“一路上骑过来，每次住宿的时候，都要跟老板讨价还价一番，一听说这里免费，我反而蒙了，心里总有一种想掏钱给他们的冲动！付钱付惯了，对于‘免费’二字，还真有点不适应呢！”

我们所感受到的意外，其实，只要看看那房子内外间挂满的锦旗，就知道让我们惊讶的意外，却是这里的常态！

天落黑的时候，一个女工作人员扶着一个脸色蜡黄的男子进来，让他躺在里间的一张空床上，随后，中年人抱着两个挺大的氧气袋和几小瓶葡萄糖也来了，他先让男子吸氧，同时，打开两瓶葡萄糖让男子服下，女工作人员使劲地按压着氧气袋让它逸出更多的氧气，过了大约半个小时，吸氧的男子缓过了气，从床上下来说："这里的海拔太高，我还是开车去安多住宿吧。"

刚把那男子送走，女工作人员又引着一个身背女子的成年男人进来了，估计是高反引发了那女子隐形的心脏病，使她处于半昏迷状态，背她的成年男人说："快救救我老婆吧，在翻唐古拉山时，她说难受后就昏过去了。"后面还跟着他们吓得直哭的女儿。

道班的中年人从口袋里拿出一瓶速效救心丸，给病人服下去，又吩咐女工作人员给她吸氧，20分钟后，病人醒了过来，但还很虚弱。道班的中年人说："对于昏迷的病人来说，住在我们这里，是很危险的，特别是到了夜里，我们这里的空气含氧量更低；我的建议，你们还是到安多去住，那里有医院，可以防备不测。走时，我再给你们带上一袋充满氧的氧气袋，你们开车到安多80来公里，足够用的了。"

成年男人的一家，千恩万谢地走了，说日后一定寄一面锦旗以表谢意！

忙完了对高原病人的救助，道班的中年人和那个姑娘，又为我们烧了四大瓶开水，才去休息。看着他们离开的背影，我们除了感动，还是感动啊！随后，我们住宿的九个人，都主动地在留言簿上写下了自己的肺腑之言。

小圆写的是："意外的免费，意外的感动，人性之美的花朵，盛放于唐古拉之巅！"

我写的是："天地有大美，人间有真情，冰雪的唐古拉，却给了我们不尽的温馨，雷锋精神的旗帜，高高飘扬在天下第一道班的上空！"

纠结与了断

7 月 26 日　青藏天路

在天下第一道班的一夜，我们在外间住的四个人，我、小圆、老徐和老付是从西宁骑过来的，由于疲乏，一夜睡得相当好，可里间住的五人，都是从拉萨方向骑过来的，在这 5100 米的高度上睡觉，都有不同程度的高原反应，其中的两个人，几乎一夜都没睡，为了不影响同伴，他们跑到屋外聊天聊了大半夜；天亮了，他们感叹地说："这一夜没睡，怎么翻越唐古拉山啊！"

小圆说："从这里到唐古拉山口，也就是 10 公里之数，过了山口，你们就幸福了，差不多就是一路下坡啦！"

起床后，老徐说："这早餐到哪儿去吃啊？不吃点挡饱的东西，怎么翻越海拔 5200 米的小唐古拉山啊？"

正好，道班的那个中年负责人来给我们送开水，他说："我们有一些在路上干活时吃的方便面、面包、饮料等，如果你们需要，就原价给你们吧。"

我们几个人跟着他，拿了两桶方便面，几块面包和两瓶饮料，回来我和小圆一人泡了一桶。我本来就不喜欢吃方便面，再加上这里的开水也只能烧到七八十摄氏度，泡出来的难吃死了，吃到一半的时候，就反胃了，但是，热汤舍不得扔，就咬着牙喝了下去，面包我也吃不下，因为有一次爬山，几天里都以面包充饥，现在闻到面包味都不舒服，只好冲杯奶片，反正包里还有压缩饼干和零食，路上饿极了，再补充吧。

如果吃不得苦中苦，受不得罪中罪，那么，还真的骑不了青藏线！如果在你的一生中，真的完成过青藏、川藏、滇藏或新藏线的骑行，那么，你的心境中，一定会有着常人无法企及的东西，因为你已经不是一般的强大了……

出发的时候，道班里聚集了很多手拿修路工具的工人，中年负责人在向他们布置任务；我和小圆真诚地向道班工作人员道别。今生今世，也许我不会再来这个海拔高度天下第一的道班了，但是，今生今世，我都不会忘记这个充满了人性关爱的高地！

道班差不多处于谷底，出了大门，就又是上坡。清晨的阳光，虽然金辉无碍地直落山间，但是，却感受不到一丝的温暖；寒意沁骨，双手冻得生疼。小圆虽然骑着车子爬坡，依然冻得有些琴瑟发抖，她说："大飙，这可是盛暑七月天啊，咋和冬天没什么区别呢？"

这时，我们正经过一道支支叉叉的溪流旁，我说："小圆，你看看，这流水都结了冰，你说能不冷吗？唐古拉三个字的含意是：高原上的山岭，或高原上的雪窟，常年的平均温就是零下 8 摄氏度啊！"

小圆说："我们经过这里，都冻得受不了，常年生活在天下第一道班的修路工和唐古拉兵站的官兵，是怎么熬过的漫漫冬季啊！没有他们对这一路的共同守护，我们能这么放心大胆地来骑行吗？"

我们回过头来，又远远地看了一眼雪峰下的道班，从心底献上我们的敬意！

过了唐古拉山之后，一直都是骑行在海拔5000米之上，虽有坡，但长而缓，说起来是向海拔5200米的妥巨拉山前进，却无多大的难度；适应了高原，呼吸也顺畅了许多，所以，骑行中可以好好地欣赏一路的风光。

过了唐古拉，这里的平均海拔虽然比山的另一边更高了，但是，植被却也更好了；雪峰兀兀，溪流宛转，天碧如洗，地绿如染；空旷的山野里，不时地还会看到些小小的藏村或藏家；他们临水而居，邻山而牧，大野空净，小屋宁谧，虽无林木环绕，却不乏人间的桃源之境……

我对小圆说："看到这些孤悬于辽野的幽谧藏村，我真的有一种想住下不走的冲动，白天骑着一匹藏马，在绿油油的山坡上放牧；晚上坐在村后的小溪边，默默地细数湛蓝夜空里的星星；冷了，就在牧包或藏房里，冲上一壶酥油茶，与围坐在牛粪火炉边的藏胞们聊天，听他们讲述格萨尔王或松赞干布的故事，多幸福啊！"

小圆听了，开心地说："如果藏村里还有一个卓玛姑娘陪着你，大飙是不是还会像王洛宾那样，创作出一首首流传千古的不朽之作啊？"

我说："没有王洛宾那样出神入化的诗才，就不能去做像他那样的激情浪漫的大梦，造化之于人是公平的，我听从命运的呼唤，不断地走上我生命的旅途，从而让我有一个诗意浪漫、精彩纷呈的人生，这已经得到了许多人难以企及的上天的眷顾了，夫复何求呢？我们每个人的生命，都有着独属于自我的大自在，王洛宾的人生，我们重复不了，但是，我们在浩荡的天恩里，若能尽兴地绽放自己生命的美丽和卓越，这也算是不负上天和自己了吧！”

小圆说：“还是大飙的思想深刻，讲出话来充满了哲理；仓央嘉措的诗中有‘人间可有两全法？不负如来不负卿’；我们活在这世界上，永远都会面临两难的选题，与其在负与不负之间的纠结中活着，不如给自己一个了断，正像他在另一首诗中写的，‘与有情人，做快乐事，莫问是劫是缘！’有人说，仓央嘉措的诗是情诗，其实，他的诗中暗藏禅机，读懂了，便能悟出其中的佛法大智慧；大飙，你说是吧？”

我说：“小圆是仓央嘉措的知音啊！是的，他以自己的独特的人生，参透了佛法大道，并喻真谛于诗行之中，这与王洛宾用歌的旋律化入生命之大美，有着异曲同工之妙啊！”

夏木拉神山与生命之泉

7月26日　翻越海拔5170米的妥巨拉山

虽然我们与唐古拉山渐行渐远，但是，她依然不即不离地出现在我们的视野里，像一尊披着雪甲的天神，保护着我和小圆一路的平安。

从天下第一道班出发，经过了30公里的缓上坡，我们终于在中午12点左右，骑上了海拔5170米的妥巨拉山；这里没有雪峰，只有高寒草甸轻覆的荒坡；过了唐古拉山之后，这里已属空辽广袤的羌塘草原。

下了妥巨拉山，唐古拉的冰峰便彻底地从我们的视线里消失了，没有了雪山的比照，连绵的丘岳，更显得苍辽和狂野。净澄的碧空，一过中午，洁白的云朵，便如朵朵的青莲盛放于蓝天，巨大的云影投向大地，把浅绿色的荒漠装点得如梦如幻；在羌塘草原上，阳光像个魔法师，总是能把云影的效果发挥到极致，亮处更加明艳鲜丽，暗处更加幽冥可怖；特别是在无人区，那变幻游移的黑影，总让你感觉那是死神拖曳的黑袍……

下午两点多钟，群山苍茫之中，突见前方一山通体赤红，山上经幡纵横，迎风飘扬，气势宏大，威仪非凡；小圆说：“这里天空地净，人烟荒芜，怎么会有这么一座场面圣雄的大山啊？”

我们骑近一看标牌，原来是夏木拉神山，山下还有一些灰白色的建筑。

我告诉小圆，夏木拉是战神的圣山，是安多的保护神，距安多县城约 20 公里。

相传在远古时期，青海部落的人，经常翻过唐古拉山侵掠安多的部落，战争由此引发，双方打了数年，不分胜负；饱受战争之苦的安多平民，就在这山下祈福祝祷，希望上天保佑，早日结束战争，过上平静安康的幸福生活！祷告刚刚结束，只见大山平地裂开，从裂缝中跳出一个红胡子、红脸膛，骑着大红马的汉子，他手握一柄浑铁的红缨枪，震声吼道：“我是此山之神夏木拉！”说罢，便直奔战场，带领安多部落，很快战胜了青海部落，从此整个藏北草原恢复了安宁。

战后，一对失去了全部儿子的老夫妻，来到神山前悲伤地哭泣，并向战神夏木拉哭诉：“没有了儿子，我们活在这个世界上还有什么意义啊？”

夏木拉感动了，就在他们的眼泪洒落之处，生出了两眼自动喷涌的泉水，一为阳泉，一为阴泉，两人知道这是圣水，痛饮之后，竟然恢复了青春，后来，又生下一个儿子！所以，当地人又叫这泉水为生命之泉。

如今，这泉水已被开发，夏木拉山下的那两幢建筑便是矿泉水生产厂家。

小圆说：“在干燥少雨、海拔奇高的荒漠里，怎么会有这两口泉水呢？”

我说：“还记得昆仑神泉吗？其形成与昆仑神泉是一样的，只不过这里是唐古拉山冰川的融水，渗入地下，经过了岩层的矿化之后，又从这个海拔稍低的地方涌出而已，此泉水常年恒温9摄氏度，可以直接饮用。我们要不要去厂里找点水喝？”

小圆往厂里看了看，刺目的阳光下，厂里空无一人，寂幽得有些瘆人，再加上背后赤红鲜丽之山上幽移变幻的云影，更让你感到有一种炫美掩盖下的不祥和危机；小圆说：“我们还是拜拜神山，就走吧，越是看不见人的建筑，越是让人感觉不安！”

·梵地雄狮

7 月 26 日　安多

有人说夏木拉神山下的生命之泉的海拔有 5350 米，这应该是有些夸大，但 5000 米还是有的，因为过了夏木拉神山，路上虽有些小的起伏，但总体上还是以下坡为主。

一天的骑行，都是在荒无人烟、满目苍茫的寂野空山之中。过了夏木拉神山之后不久，便看到了青青的山坡上，游移着云朵一般洁白的绵羊群和云影一般乌黑的牦牛群，不时的还会传来寂寞的放牧者高吟的牧歌。感受到了人气的存在，心里也有了些许的温馨，再看那高妙的云天，绵袤的山野，幽深的峡谷，青绿的大原，都有了诗意的亲切！

晚上 5 点多钟，我们骑进了唐古拉山下的属于藏区的第一座小城，海拔 4800 米的安多，县城的标志，是三头相依偎的绵羊。

安多县城不大，只有两条不长的街道，但是，“安多”这两个字，在整个藏区，却有着非同寻常的意义和内涵。

空辽广袤的藏地，曾被分为三个区域：卫藏法区，康为人区，安多马区，其义为卫藏是佛法兴盛之地，康区的人长得高大英俊，而安多是产宝马的地方。安多藏区，雪山林立，溪流纵横，最著名的湖泊为错那神湖，是世界上最高最大的淡水湖，为怒江的源头，所以，是所有的藏区中水草最丰美之地，当年松赞干布建立的吐蕃王朝，其军马有半数出自安多。

安多虽然远离卫藏法区，但是，在藏传佛教中，她也有过辉煌时期。

吐蕃王朝的最后一任赞普朗达玛灭佛的5年间，卫藏法区的佛教遭到了毁灭性的打击，许多高僧纷纷携带大量的经卷，逃往边远的安多藏区，继续传法布道，并培养一批批的灯火续传之人。后来，修行僧拉隆贝吉多杰成功刺杀了朗达玛之后，也一路狂奔，逃到了安多藏区，并继续弘法传教，从而让安多藏区成了佛法炽盛之地……

日月穿梭，斗转星移，到了朗达玛的玄孙一代，查纳益西坚赞成了西藏桑耶地区的领主，他看到自己的祖上因为灭佛，致使王朝崩溃，整个西藏陷于四分五裂的局面，于是，他决定扶法兴佛，但又苦于佛法僧三宝俱毁，无从着手。你若是春风，必有百花绽放；很快便有人告诉他安多地区高僧如云、佛法炽盛的境况；查纳益西大喜，于是，派人到安多藏区学习，并迎请那里的高僧来前藏弘法，从而拉开了藏传佛教后弘期的序幕！

安多小城，依山面水，宁静而又温馨。

在安多的一个宾馆住下后，在与老板的聊天中，他很自豪地告诉我们，格萨尔王就出生于安多藏区；他13岁因赛马夺冠而登基为王，从此率领安多的人民，擒妖捉怪，一次次地战胜恶魔，还大地以安宁，还人民以安康；为了纪念他不朽的功业，这里每年的七八月份，都要举行盛大的赛马节。最后，老板还吟诵了一段歌颂格萨尔王的诗：

即使有那么一天，
飞奔的野马变成骨干，
洁白的羊群变成石头，
雪山不再拥有冰川，
大江大河不再流淌，
美丽的月亮不再运转，
灿烂的太阳失去光芒，
天上的星星不再辉闪，
雄狮格萨尔王的故事，
也会世代流传……

我和小圆漫步在安多的街头，登上高坡，望着绵延不尽的远山和草场，小圆咏道：

绿野青山画境中，
虎伏龙潜天地惊；
雄气浩浩入心底，
骑往拉萨一身轻！

·回　眸

7月27日　海拔4880米的申卡岗坡(安多山)

虽然骑行于油油大荒、绵绵丘岳的世界屋脊之上,大化自然看似都有着同样苍辽的主旋律,但是,每一天都迎接着不同的挑战,欣赏着不同的风景,感受着不同的骑韵!

许多骑友,喜欢偏重于描摹自己骑途中的挑战,路途上的危厄、险象、艰辛、崎岖和坎坷,一经笔底流出,便让从不曾骑过进藏之路的人,惊若鬼门神关,畏而却步。其实,每一个骑行西藏的骑友,出发前的初衷,无不是为了一赏那一路的大美盛景,但是,许多人上路之后,便只关心一个“骑”字了!这个“骑”字,本来是赏的工具,是载着我们的身体和心灵化入那一路绝伦美景的工具,可怜的是这个“骑”字却成了目的,灵魂一旦跟不上你的速度,便会身心俱疲,骑行就成了一种挣扎……

所以,在骑行的时候,我总是在提醒自己:骑行中,一定要把握好节奏,这样,骑行之曲,才能在路途的琴弦上美轮美奂地演奏!所以,我的文字里,虽然不乏对挑战的描述,但是,更多的还是对一路瑰景丽境的悦纳和参契!

又是一个阳光鲜丽的早晨,天蓝山绿,经幡飘舞;街上一个小广场中的煨桑炉里,青烟在微微的晨风里直升云天,那青烟里也有着我们祈愿一路平安的祝祷!

早上8点来钟,与老板告别的时候,他说:“你们翻过了海拔4880米的安多山(申卡岗坡),就是一马平川啦!祝你们一路平安!”听了老板的话,这次小圆没有欢喜雀跃,因为在沱沱河的时候,似乎也听过饭店老板说过同样的话,结果呢?那一路并不是一马平川啊!

出了安多县城几公里,便开始爬坡。老板对安多山描述得轻巧,其实,她被骑友们称之为青藏路上的滑铁卢,坡哥之凶,根本就容不得我们骑之而上,那就推吧!

安多山之陡峭,真的就像是拔地而起,“之”字形的长坡上,一些大货车狂吼着往上爬,亦如老牛衰马一般,我和小圆,更是躬身弯腰,气喘吁吁,步履维艰;上午10点左右,我们爬到有一道经幡拉扯其上的山口,小圆长长地舒了口气说:“终于爬到山口了!”

于是,我们驻足休息,回眸来路,空旷的山谷,被四面绵延的大山环抱;一条幽蓝的小溪,从青青的牧场上流过;安多县城,就坐落在这片如诗如画的谷地之中;蓝天澄碧,白云悠悠,安谧的小城,多像是一片世外桃源啊!小圆说:“大飙,面对这样如梦如幻的仙境,你可以有诗啊!”

我笑了笑,忽有灵感涌来,于是吟道:

有一片绿色的山谷,
宁谧而又安详;

仿佛神的居所，
笼罩着氤氲的灵光；
一座小城，
谷底静躺；
峰岳为她祈福，
溪水为她流淌；
那风中的经幡，
是她感恩的诗章；
我悄悄地经过这里，
从此把她装入行囊……

小圆说："大飙的诗，澄朗而又深情，我喜欢！"

·逸群独出的里程碑

7月27日　羌塘草原

人在旅途，会有许多预料不到的意外，而这些意外，又将教会我们怎样的悦纳，前路不都是必然，更不都是想当然，所以，要学会顺其自然。

过了经幡飘飘的山口，原以为就是下坡或一马平川了，没想到依然是山凶坡猛，不得不蚁行牛步地躬身推车。在接近海拔5000米左右的地方，爬坡是最让人无奈的，但是，人在途中，除了向上向前的坚持，你还能有其他的选择吗？

爬坡的过程中，抬头看到青青的山坡上有几户人家，一些或黑或白的牦牛，在牧场上悠闲地吃草，好一片田园牧歌式的场景啊！

我说："小圆，你看，骑青藏天路，真是触目皆景啊！"

小圆气喘吁吁地说："大飙啊，此时此刻，我的眼里只有路，没有景啊！"

说的也是，人在爬坡之时，疲劳至极，除了赶路，哪里还有心旁骛呢？

大约是在10点半的时候，我们终于骑到了安多山的最高点，一片平坡之上，路旁有一个路牌，上写：申卡岗坡海拔4880m。因为这里没有山口，所以，称坡才最合适呢。

小圆长长地舒了一口气说："我知道骑友为什么把安多山叫作青藏线上的滑铁卢了！拿破仑在滑铁卢之战中，眼看就要击败威灵顿，胜利的曙光已现于眼前，不承想威灵顿的援军及时赶到，转眼击溃了拿破仑的已呈强弩之末的军队……威灵顿的援军，就如这山口后面的大坡，真的让人绝望啊！"

我笑着说："我们比拿破仑伟大，因为我们没有败北！"

骑行途中，一个标注着"3456"的里程碑引起了小圆的好奇，因为这个里程碑被藏胞们染成了浓绿色，小圆说："让这个里程碑，在青藏天路上逸群而出，有什么特别的含意吗？"

我说："这应该是缘于藏胞对数字的崇拜因素吧。单数1、3、5、7、9，在藏胞看来，都是吉祥数字，而3尤为凸显，并具有神力；在藏区传唱不衰的史诗《格萨尔王》中，就有这样的文字：古代岭国（指广大的藏区）有三大神、三大寺、三大部落、三大圣人、三大妃等；骑士的弓、箭、刀被亲切称为随身携带的三眷属；宗教有三世佛——过去迦叶佛、现在释迦牟尼佛、未来弥勒佛；长寿三尊为无量寿佛、尊胜佛母、白度母；佛法僧为三宝；生死轮回分为三界——欲界、色界、无色界；转经为三圈，等等。

"4在藏传佛教中，代表着组成宇宙的四大元素，简称四大：地、水、火、风；藏传佛教的母寺桑耶寺，相传是依西方的坛城而建，其四角便有分别代表这四大的黑、红、绿、白4佛塔，亦称四大天王；所以，4也是一个圣数。

“佛说:‘四大皆空！’这个空,不是虚空、虚无的意思,因为有了至大无外的空,所以,才为地、水、火、风的运化提供了妙有的空间;心空了,你才能入道契法;心空了,佛自呈现;所以,莲花生来藏地传法的时候,就把空与四大并提而为五大,即:地水火风空,并且,5也是吉祥数字,所以是藏胞喜欢的数字。

“6是双数,本来应是藏胞忌讳的数字,但是,因为密宗的心咒‘唵嘛呢叭咪吽’,为修行者必念的六字真言,有把自己与佛祖融为一体的灵力,所以6为藏胞所尊崇,并把它视为3的2倍。这样看来,‘3456’凑在了一起,便更显神奇和魅力,这就是让这个里程碑浓漆出彩的原因吧！”

小圆说:“大飙说得好,长见识啦！”

挑 战

7月27日 青藏天路

从海拔4880米的申卡岗坡骑下之后，一马平川的景象并没有出现，路上丘岗连绵，起起伏伏，一个大坡连着一个大坡，让人觉得溜坡何太急，上坡何太缓！没完没了的上上下下，真有着让我和小圆趋于崩溃的节奏啊！

人在旅途，岂能容你崩溃！再苦再累再疲，你也得坚持向前！好在一路上的风景奇美，草原上不时的会有一些幽蓝的湖泊，湖边也时常会有一些藏胞居住，山坡上有牦牛和羊群在悠闲地吃草。有人气的地方，总让人觉得有一份心安伴着自己。

下午两三点钟的时候，我们进入了一条河谷，岸边还有藏村，天蓝水绿，牧草丰美；我们顺流而下，感觉爽极！休息时，小圆看了看路边的里程碑，算了算路程，我们距那曲县城还有65公里，小圆高兴地说："看来晚上7点前，我们能赶到那曲！"

然而，顺境中的快乐尚未品出味道，不想迎头的大风骤起，一下子把我们从天堂打入了地狱！离开了河谷，国道依然起起伏伏，再加上逆风行走,骑行的码数也降到了个位数。

小圆说:“大飙啊,我们是不是得罪了哪位神灵啊?你看这风吹得,真是寸步难行啊!”

我听了,哈哈哈大笑说:“大自然的风,自有其鼓荡的节律,哪里会为我们而设定吹袭的方向呢?得罪神灵之说,更不着边际,如果一个神灵会与人怄气,那他还是神灵吗?遇到顺风,我们要感谢上天,遇到逆风,我们依然要感谢上天啊!逆风,虽然会让我们疲累一时,但是,逆风的挑战,会让我们在成长中变得更加强大!顺其自然,感恩向前,无论顺逆,都是上苍为我们做出的最好的安排!”

小圆说:“大飙的道理讲得处处精彩,只是我现在可没气力为你鼓掌啦!”

我说:“鼓不鼓掌不重要,不管我们置身于何境,一定要把握好自己面对现实和人生的心态,才是最重要的啊!”

骑到了晚上6点钟的时候,我们距那曲还有37公里,可劲风依然在吹!骑友们有句顺口溜:不怕坡陡,不怕路长,就怕风狂!坡有顶,路有头,可狂风在青藏天路上吹起来,就没完没了!此时的小圆已疲惫至极,她说:“大飙,若遇到可以有住的地方,我们就不骑了,行吗?”

其实,我也已经是强弩之末,哪里还想再与风做斗争呢?而现实是:天空野茫,山荒地僻,除了偶尔会稀零零地呈现于眼底的一两间藏屋之外,就是前方远远的那座孤凸凸的雪峰——念青唐古拉,在悄悄地陪伴着我们……

我说:“小圆啊,此时的我们,除了坚持前行,还是坚持前行,唯一可供我们选择的就是:真的蹬不动了,就下车休息一会儿!”

小圆不再作声，我看到她的眼里晃动着无奈无助的泪花，下车休息的时候，她会冷冷地叹息一声，或对我现个苦笑！

8点半的时候，我们经过一个藏村。此时的夕阳正红，牧场流金，山披锦带，万象一新；成群的牦牛，汇聚于绿坡之下；忙碌的藏胞，正在收牧入栏；天地如画，心情如诗，我和小圆也为之精神一振。小圆开心地说："大飙，此时不作诗，更待何时？"

这真是一天之中，最曼美的时辰，大化浪漫，色彩飞动，怎能不感染旅行者的那颗敏感的心？

一个草原的黄昏，
两个相依相伴的旅人；
上天用最浪漫的色彩，
给了他们造化极致的温馨；
宛若佛祖的目光，
透着不尽的悲悯；
披锦的山野，
归栏的牛群；
还有那悠悠的牧歌，
浸润着旅行者的心魂！
漫漫的长途，
正是为了遇见这曼妙一瞬！

小圆说："大飙的诗之韵与草原黄昏的美之韵，真是一体相融，恰到好处啊！"

草原的夕阳，真是太迷人了！看着前方，我们越拉越长的影子，好不让人激动，我拿出相机，一边骑行，一边摄下几张我们骑行的影子，此时的小圆看到路边的一个里程碑上写着“3551”，她说：“大飙，我们距那曲还有约15公里啊！这该死的风，都这么晚了，还不该休息一下吗？”

高原上的风就是这样，吹起来没完没了啊！

晚上9点多啦，夜的大幕，正哗哗啦啦地向我们拉过来，而我们距那曲还有好几公里。我说：“趁着还能看清，准备好电筒吧。”

我们骑进那曲县城的时候，天已完全黑透了。从安多到那曲的135公里，我们整整骑了14个小时啊！

在县城里的青年旅馆住下后，我对小圆说：“在今天的挑战和考验中，你用自己的骑行，证明了自己是一个非常了不起的女孩！”

第十辑

卑微的快意

骑行西藏，并不是只为了看一眼布达拉宫，而是为了把一个个孤立的风景点，变成一道气象万千的风景线。神灵在路上，神灵在皋原，神灵在苍波，神灵在山巅；凡有神灵之处，其景无不雄艳绝伦，其境无不禅韵悠悠，其象无不道风凛凛；人行其间，与神为伴，外逸双目，内化心魂，受到灵力的加持常常于无形之中……

那曲之夜侃象雄王朝

7月27日　那曲

漫漫的旅途上，每一程把挑战和考验甩到身后的经历，都是阶段性的胜利，如果这样的胜利，能够贯穿于整个旅程的终始，那么，"完美"二字，便是旅行者所能得到的最高的奖赏，尽管途程之上，有种种的不完美，就如一个打败了敌人之后从战场上归来的英雄，尽管他的身上伤痕累累，但是，累累的伤痕，反而更增添了胜利者的光辉！

像今天从安多到那曲这样的具有挑战性的旅程，在我们近20天的骑行中，已经历了多少？其实，这些都已经不重要了，重要的是我们已经踏上了征程，已经置身在了青藏天路的万象峥嵘的骑途上……

在那曲的青年旅馆住下虽然已经夜里10点多了，但饭还是要吃的。从旅馆出来，没想到狂风还在肆无忌惮地吹着，大街上弥漫着尘土，那曲城里正在修路，扬尘更是让人不安。我和小圆在路上的时候，因为疲累至极，已经准备在那曲休整一天了，但是，眼前的情景，让我们决定明天还是继续上路吧！

正吃着的时候,老徐和老付也赶到了那曲,两个老人,也是疲饿交加,没找住处,而是先进了饭馆。

住下之后,小圆回她的房间休息去了,老徐拿出来一瓶酒和一包花生米,他招呼我和老付:“今天太累了,喝点酒舒展一下筋骨吧。”

刚骑上青藏天路的时候,累极了,到了旅馆便只想睡觉,可是,在路上骑长了,累还是累,可一住下,累便会消除个六七成,这应该是肌体适应了每天如此这般的骑行了吧。俗话说:“一旦上了路,便有神灵助;越走身越轻,山川任漫步!”看来此话不虚。

喝着酒,老徐说,那曲地区尼玛县的文部乡,曾发现一座有数千年之久的古城堡遗址,据考证,是古象雄帝国的都城遗址。几年前,他曾在西藏阿里大北线环游中,到过这个遗址,她背依达果雪山,面对当惹雍错,规模宏大,气势磅礴,颇有王城气象。

据证,象雄帝国的崛起,先吐蕃王朝五六百年,她的势力范围,西到克什米尔、印度和尼泊尔,东到那曲,囊括了整个藏北羌塘草原,早在唐太宗时代,因羡慕大唐的繁荣,便遣朝贡使与唐朝往来。

另据考证,西藏本土的原始宗教苯教,就是象雄帝国的王子敦巴辛饶所创建。敦巴辛饶生于一万多年之前,曾在西藏阿里的冈底斯山岗仁波齐峰下修行,得道之后,便开始宣教传法,从而使苯教成了雪域各国的国教;苯教传入印度、尼泊尔等地之后,受其影响,释迦牟尼创造了佛教,后来,佛教在莲花生大师的布道之下又回流西藏;所以,直到今天,佛教徒和苯教徒,都把岗仁波齐视为本教的祖庭和滥觞之地,每年都会有大批的教徒来此朝拜转山,包括从印度、尼泊尔、不丹等地涌来的朝圣者,不同的是,佛教徒面对圣山左转,苯教徒右转。

到了公元6世纪，吐蕃王朝异军突起，特别是雄才大略的松赞干布登上王位之后，便有了统一西藏全境的雄心，但是，面对实力雄厚的象雄王朝，他知道这是一座难以撼动的大山，于是，便把自己的亲妹妹赛玛噶嫁给象雄王李聂秀，并与之结盟；然而，赛玛噶并未受到李聂秀的宠爱，很快便把自己的怨恨透给了哥哥，这让松赞干布更加坚定了除掉象雄王国的信念，让她不断地刺探象雄王朝和军队的情报，在妹妹的帮助之下，吐蕃军队以闪电战的方式杀了李聂秀，从而统一了西藏全境。

松赞干布死后不久，象雄反叛，脱离了吐蕃的辖治。到了赤松德赞为吐蕃王的时候，出兵象雄不胜，于是，有谋臣提出可以计取。

当时的象雄王李弥夏拥有三个妃子，最小的妃子叫朗准来，年方十八，自恃貌美，心高气盛，却因只做了象雄王最小的妾而愤愤不平。吐蕃的法臣投其所好，派拉朗来珠带一野牛角的沙金献给她，并对她说："你这等身份高贵、年轻漂亮的女子，按理当为王后，怎能屈居小妾呢？对此，吐蕃王也为你不服气；你是否有挽救的办法了？若有，待事成后，你可以做吐蕃王的正妃，还会把吐蕃王所辖土地的三分之二，赐你为酬谢。"朗准来答道："象雄王有遮天盖地的重兵，攻必不克，只有巧取才是。"接着她又说："象雄王半月后，与王室众眷属前往黄牛部苏毗青雪地区，可以在途中等候杀之，一切内应由我承担。"

根据朗准来的计谋，吐蕃王赤松德赞亲率吐蕃军队，埋伏在象雄必经之路的色穷和洞穷两地之间，等象雄王经过时，吐蕃军队突然杀出，李弥夏猝不及防，被生擒于赤松德赞面前，随即被砍头示众；当时，象雄军队有十万之众，一见国王被杀，群龙无首，从此臣服于吐蕃王朝统治之下，再不曾有叛乱之举。

听了老徐的讲述，老付叹了口气说：“看来象雄王朝的覆灭，两次都是因为没有善待女人的缘故啊！老徐，老王，不侃了，睡觉吧！”

·信　心

7月28日　青藏天路

因为昨天135公里的骑程中,有半天的时间是在与劲风的肉搏中杀过来的,体能耗损太大,所以,一觉睡到9点多,醒来一看,屋里只剩我一个人,估计老徐和老付早已悄然出发了;去看看小圆,也已经起床,正在漱洗……

吃了饭,准备好路上的热水和给养,出发时已10点出头了。今天只准备骑行到90公里之外的古露镇。青藏天路之上,由于山路的落差相对较小,特别是翻过了唐古拉山之后,路的总趋势已是以下行为主了,如果没有大风迎头恣肆,90公里的路程,对于已在天路上骑了近20天之久的我和小圆来说,已是小菜一碟了!愈是接近拉萨,愈是信心满满!

什么是信心?经过了历练之后,面对前路,对自己的能力不再有任何的怀疑!这就是信心!当我们未登征程的时候,未免胸中一片迷茫;初上征途,也难免会心中忐忑;但是,一旦你走过了风风雨雨、坎坎坷坷,你便在这样的历练中成长壮大起来了,回眸来路,风光无险，展望未来，尽是诗与歌的畅享！

旅如人生，人生如旅！凡是在生命的追求中，能有所成就者，哪一个不是经过了一番的拼杀，才渐渐有所斩获？而一旦有了斩获，那么，拼杀便成了一种艺术的享受！当年，当我还是一个文学爱好者的时候，难免不对自己的未来充满着疑惑，那时的信心，不过是对自己的一种激励而已；当我的文字不断见诸报端杂志，成了《读者》的签约作家，自己的作品被一部部出版之后，抒写已成了一种人生的享受，还需要再谈什么信心不信心的话题吗？

风光无限的旅途，其实，也要像创意无限的人生一样，需要慢慢地感受和享受！不需要把青藏立体画廊当成青藏骑行赛道，一程程地欣赏和品味吧！

青藏高原少雨，每天都给你一个大大的晴天，不像川藏线，一天的骑途中，几乎是风雪雨雹，都要经历一遍；在气候上，也要承受春夏秋冬的一个四季轮回。

出了那曲县城，就是一个大大的上坡，路旁的塔恰拉姆神山顶上，经幡纵横，迎风飘扬；转经的山路上，有人在转着经轮行走；风中还会传来一声声悠扬的藏歌，我和小圆都听不懂，但是，我们知道这旋律是对神山的赞美。小圆说："我从歌中仿佛听到：伟大的塔恰拉姆神山啊，你塑造了我的灵魂；饮着那曲圣洁的清波，我长大成人；我像阳光下的一棵小草，永远感谢你的天恩……"

从神山脚下转过，很快便骑上了那曲大桥。清灵的河水从桥下流过，在那曲草原上，蜿蜒向远，伟大的唐古拉神山已经赋予了她非凡的使命；她将在平静中成长壮大，从而在天地之间抒写一曲卓越风流的交响诗！

那曲的藏语含义为黑色之水，发源于唐古拉山，再经错那湖的润泽，流经那曲县城的时候，已初具规模；她曲折回环，一路向东南，注入云南之后被称为怒江，并在那里与长江和澜沧江，形成了三江并流的地理奇观；怒江大峡谷，也已被世界认定，无论是其落差和长度，都是全球第一大峡谷！

那曲何其弱小，怒江何其伟美！生命，就是流经岁月大野的一条河流，只要矢志向前，虚心接纳，不断地成长壮大，就一定能成就风流蕴藉的自我！

我和小圆刚骑过大桥不远，就见一个牧羊姑娘在放声歌唱，那天籁之声，真让人感动。小圆停车，带了一把糖果向牧羊姑娘走去。小姑娘一身黑，还戴着一顶黑黑的遮阳帽。她叫卓玛，还是一个初中生，看上去性情很活泼爽朗。我们问她刚才唱的是什么歌，她说是《美丽的那曲河》。

在我们的请求下，她又用藏语唱了一遍，还主动翻译成汉语，大意是：

那曲河，美丽的河，从我的家乡缓缓流过。
带着幸福，带着吉祥，唱着祝福的歌。
艰难险阻挡不住你的脚步，
勇往直前是你的品格；
你是一幅不老的画卷，
是我心中不老的歌！
我饮着你的清波长大，
一次次赶着牛羊从你身边走过，

你是我心中永恒的思恋，
是我心中永恒的歌！

小圆说："卓玛，我留下和你一起牧羊吧，在这青山绿水间，赶着羊群，唱着牧歌，多自在，多有诗意啊。"

卓玛开心地说："你留下可以啊，就不怕这位叔叔一个人在路上孤独落寞吗？"

·妙 境

7月28日　青藏天路

告别了小卓玛，看着她赶着羊群走远了，我们才继续上路。藏家的孩子，都非常的纯朴可爱，由于从小就生活在佛教气息非常浓郁的环境中，所以，他们的品格善良而真诚，并且闪现着一种宗教的灵光，他们的胸怀，也像他们生活的草原一样厚实和宽广。

过了那曲，我们才真正地感受到羌塘草原迷人的魅力。这里的雪山林立，河流纵横，湖泊星罗棋布，地平山缓，草场丰美，载畜量大，并且，盛产宝马；据考证，羌塘草原之于当年的吐蕃王朝，就相当于乌克兰之于苏联。

我和小圆一路骑行，一路欣赏着如诗如画的高原美景。随着距桑丹康桑雪峰愈近，路边的藏村也愈来愈多。中午12点多，我们经过一个叫阿达尔的藏村；置身村边，你会看到：深广的蓝天上，飘着一朵朵如莲花般的白云；苍袤的大地上，绿野青坡，绵绵延延地伸向天际，不时还有牦牛和羊群，在其间悠闲地吃草；小村就坐落在广野之间，以雪山为背景，远远地望去，如一幅灵动曼妙的油画无异；每一户的屋顶上，都飘着五色经幡；屋边码着如小山般的牛粪干，有的屋前拴着一只只未成年的小黑牦牛犊；小村里，炊烟袅袅，随风飘散，这是在煮香醇的酥油茶吧？

距藏村不远的地方，有一湾蔚蓝色的湖泊，她的名字标注在一块不起眼的石头上："色林措"；苍茫的山野之间，她像一枚巨大的蓝宝石，璀璨晶莹，与远处的桑丹康桑雪峰遥相呼应；湖边的湿地上，牧草一定更为鲜嫩有汁，许多牦牛都聚集在那里；湖岸上，经幡飘飘，那是在向佛祖祈祷：愿他护佑这一方的安宁和幸福！

小圆说："看到这世外桃源般的妙境，我心里总是会想到人类诗意栖息的福地洞天香巴拉，美极了，可惜我们只是过客啊！"

我说："旅行，就是为了让我们去感受与自己不一样的生活，不一样的精神世界，从而让我们从狭隘的小我中走出，并融入更宽广的世界中；这样的一个如梦如幻的世界，我们来过了，感动过了，并且，通过旅行，这个世界已经融入了我们的灵魂深处，只要你愿意，随时都可以翻开生命之书的这一页，慢慢地读，尽情地赏，你说，还何憾之有呢？"

小圆若有所思地点了点头，然后，吟咏道：

旅行让灵魂长了翅膀，
从此不在茧中孤芳自赏；
像采花的蝴蝶，
翩翩于水畔山梁；
像雄健的苍鹰，
盘旋于雪山草场；

路从心灵，

伸展于瑰丽的远方；

生命之曲，

已在大化的琴弦上奏响……

我说：“被大化之美透润的心灵，必将氤氲着诗与歌的浪漫；现实的生活，是具体而又琐碎的，行走坐卧，饥餐渴饮，油盐酱醋茶，如果有了诗的韵藻、歌的节奏的引领，那么，不管多么平凡的生活，我们都能品出禅的意趣，玩出道的妙机！旅行，看似是我们有形的躯体走向了大化自然，实质上，却是我们的灵魂正行走在一条找寻自我的回归之路！”

卑微的快意

7月28日　青藏天路古露镇

骑行西藏，并不是只为了看一眼布达拉宫，而是为了把一个个孤立的风景点，变成一道气象万千的风景线。神灵在路上，神灵在皋原，神灵在苍波，神灵在山巅；凡有神灵之处，其景无不雄艳绝伦，其境无不禅韵悠悠，其象无不道风凛凛；人行其间，与神为伴，外逸双目，内化心魂，受到灵力的加持常常于无形之中……

随着念青唐古拉山的趋近，冰川雪峰也渐呈于眼底；出那曲的时候，还只能看到桑丹康桑一峰独秀，可过了色林措之后，她旗下的雪山冰川，一拥而出，各呈风流；冰雪与云朵共白，溪流与青天同蓝；牧场青碧空辽，山岳威仪万千；骑行已不像是骑行，更像是对大化自然的艺术创作的检阅和视察！

从那曲到古露镇的90多公里，海拔只提升了不足200米，一个大长缓坡上去，接着便是一个大大的长下坡，坡度不大，骑得相当的轻松，所以，路途之上，我和小圆骑得不急不徐，赏景摄影，成了我们骑途的主旋律，特别是桑丹康桑雪山的变化，也成了我们谈论的主题，从她雪峰隐隐地呈现，到雪山如白莲般地盛开，如果不是骑行，哪能如此细致地感受大化自然幻化如诗的魅力？青藏天路之上，当一座雪山在前路向你召唤的时候，你便知道自己的灵魂，又要经历一场美与诗的洗礼；这是一场灵性的穿越，你走近她，你投入她的怀抱，你的生命沐浴在她的圣光里，最后，你还将怀着一颗感恩的心向她依依惜别……

下午四五点钟的时候，我和小圆骑到了一个有着相当规模的小镇，镇上的集市中人声喧嚷，一片热闹的景象，这是我们骑上青藏线以来，从不曾见的场景。小圆说："大飙，看来我们已经到了古露镇了！"

我有点怀疑，就说："我们早上10点多才出发，路上骑得又是如此的悠闲，应该不是古露，你看这里虽然热闹，却不见一个宾馆、旅社之类的招牌；还有古露镇是在桑丹康桑雪峰之下，而这里似乎距雪山还有点距离呢。"

小圆不信，我俩骑到一个诊所前，一问才知道这里是香茂镇，距古露（当地人称廓隆）还有20多公里呢。显然骑往古露的路有些上坡，但是，这有什么呢？愈是接近古露镇，愈是能感受到桑丹康桑雪山那波澜壮阔的雄艳之美，雪峰相连，冰川相依，云拥雾罩，气象非凡；草场上，融溪纵横；天空中，奇云漫卷；恢宏的大画面里，蓝得让人醉心，白得让人感动，绿得让人胸臆舒展……那山，那水，那雪峰，那冰川，仿佛与我们只有一条铁路之隔，跨过去就可以融身于神境圣景之中！心里真有这样的冲动，然而，这个"近"只是一个虚像，是因为神山已经把我们拥入了她的怀抱之中……

我们又骑了约一个小时，接着，便是一个十余公里的下坡，几乎一直把我们送到了一个小镇上，还没进镇子，就有人在路旁问我们：

“古露到了,你们住不住？ 50元一个人？”

我问他:“50元管不管吃？”

他说:“我们只说住,吃饭还是要付饭钱的。”

随即,我给老徐打了个电话,问他们住哪儿了;按他指引,我们又往前骑了100多米,过了一个检查站,路边有一个较大的旅店,有两间相通的摆满了床的房子, 40 元一个人。老徐和老付已在这住下,我们也随他俩住这了。老板说:“桑曲离镇子稍远一点儿,用水不方便,只保证有热水喝。”

出门在外,也只能将就着过啦！想享受家里一样的清福,那就不要出门旅行啦!

古露镇孤处于雪山下的莽野中,出了门就可以与神山桑丹康桑隔空相视,只是在这相视中,作为人心里总是充满了一种卑微的快意!

·信念、神灵、功业

7月29日　青藏天路

雪域小镇的早晨，总是清冷静寂，宛若贪睡的处子，任是辉耀的阳光照彻她的纱帐也懒得理会。特别是古露，都8点了，街道上还不见一个行人，也不见一间门面开市，只有几条野狗，在晨光里，拖着长长的影子兴奋地嬉戏。天宇空旷，大地寥廓，就连披着雪甲的神山桑丹康桑，也在辽落的宇宙中，给人一种谦卑自牧的感觉……

我还在小镇外徘徊，小圆跑过来说："大飙，饭店商店还都没开门，早餐怎么办啊？"

我们回到旅店，老板已帮骑友们敲开了旁边一家饭店的门，饭店老板说："只能一人下一碗面，15元。"骑友有十余个，除了我们四人，其他都是从拉萨骑过来的，但是，大家都有一个心愿：一定要吃了饭、补充了给养，才能上路，骑行是出力的活儿，路上饿了没东西吃、没水喝，会很惨的！所以，每次，我和小圆上路前，都要吃口热饭，然后，备足路上的饮料、热水和干粮。

出了古露镇已经 9 点多了。道路就伸展在两山之间空旷的谷地里，桑曲在谷地中蜿蜒，因为有水的滋润，谷地的青草嫩绿浓郁，适宜于放牧，所以，沿河散落着一些背依雪山的藏家；因为有了人气，荒原便不再荒寂，雪山更氤氲着灵性；道家和禅家，都喜欢一个“空”字，正是因为宇宙的空，大化才可演尽一切的风流，万象才有幻化形状的舞台，天地不语，妙法无处不在，空山，空谷，空漠，空林，空港，空苍……都是引领修行者入道契禅的众妙之门！所以，行走在空辽广袤的青藏线上，无异于一次禅律道境的修真实证！

10点左右，路旁出现了一个巨大的似乎是新建的藏式红牌坊，其上写着“卓玛圣谷生态旅游区”。我们骑到门前一问，一个藏胞告诉我们：“卓玛大峡谷，是新开发的旅游风景区。大峡谷在神山桑丹康桑雪峰之下，她是神湖纳木错的母亲——卓玛女神。峡谷内，冰川纵横，溪流奔腾，绿草如茵，牛羊成群，并且还有两座建于800多年前的古庙，进去走走，你们可以获得非凡的灵力加持！”

小圆问：“我们骑车进去看看可以吗？”

藏胞说：“峡谷里，景色美曼绝伦，但道路陡峭崎岖，骑车不行，来回约30公里，需要包车或徒步进去。”

我们虽然有些不甘，但也只好放弃。

小圆说：“雪域西藏，真是神灵遍野啊，我们一路走来，天天都有神灵保佑着我们啊！”

我说：“是啊，在藏胞的心里，神灵无处不在！所以，不管是礼拜于庙堂，还是行走在山野，他们的心永远是真诚的，他的灵魂永远是充满希望和向往的，因为他们能感受到自己一直与神灵同在！信仰或信念，是一种神秘的力量，凡拥有者，在自己经营卓越人生的过程中，都将变得坚不可摧，攻无不克！你和我，都不过是千千万万个平平凡凡的普通人中的一个，但是，一旦我们坚信自己能够抵达自己的期许之地拉萨，我们就一定能到！如果我们在另一条无形的道路上，坚信自己一定能成为一个伟大的卓越者，并且，把自己所经营的功业当成与我们同在的神灵，随时随地去修行和礼拜，那么，我们还有什么不能成就呢？”

小圆说：“哇，大飙把功业与神灵并提，妙啊！你说的是，只要我们怀着像藏胞那样的一颗朝圣之心来经营自己的人生梦想，估计每个人都有一个非凡的未来吧！”

一朵花的力量

7 月 29 日　青藏天路

最后望了一眼卓玛大峡谷，我们踏车而去。小圆说：“人生总是会有一些遗憾的，比如我们虽有膜拜一下卓玛女神的冲动，但却未能如愿；大飙，你说这在人生的修行中，算不算是瑕疵呢？”

我说：“人生不可事事尽美，尽则偏于执拗，魂缚于细末，心囚于极臻；将军逐鹿，不逮野兔；我们一路骑向拉萨，旅途之上的大美风景，触目可及，唾手可得，虽有所遗，也是在所难免，若拉萨之梦可成，何必还耿耿于一个名不见经传的峡谷呢？别说是一场旅行，就是具体到任何的一件事情上，我们都不可能做得尽善尽美，极臻无缺，如果你偏偏要做到极致，那么，你肯定将陷于偏执狂的泥淖里不能自拔；中国的《易经》早就告诫过我们：情物所化，随其自然，强而为之，乃苦痛之源；偶有遗憾，则是趋于完美之象，大美若缺，哪里有什么瑕疵之说呢？”

小圆听了，忍不住哈哈大笑起来，说：“我一个小问题，竟然引发了大飙如此的宏论雄辞，受教啦，受教啦！”

正说话间，我们骑上了横跨于桑曲之上的古露大桥，此时的天空，如纯净的蓝宝石一样澄蔚；大山雄拱，托出威仪万千的冰峰一座；桑曲绿如翡翠飘带，镶嵌于山脚；大化以最简捷的色调，勾勒出了天地间最雄宏大气的立体画卷……

我问小圆说：“你看眼前的景象如何？”

小圆如赞如叹般地吟道：

大象宏廓，
至简至雄；
曲线几缕，
霸气盈盈；
无修无饰，
鬼斧神工；
色朴彩素，
美曼天成！
乾苍坤茫，
虚虚灵灵！
契道入禅，
心魂融融！

是啊，置身于这般的神境之中，非诗非禅，难以表情达意啊！禅者契道之时，可以得意而忘言，但是，我等俗人，还需言以表意，还需要用以一朵花的力量，来宣述整个心灵世界的春天啊！

小圆见我若有所思的样子，便说道：“大飙是不是也有诗意蕴于胸中？”

我说：“眼前的景状，让我另有悟入。”于是吟咏道：

雪域高原，
万象峥嵘；
造化以道，
教我读懂人生；
水润万物，
是天地之灵；
她总是谦卑自牧，
从不与山争锋；
但也有自己的精神高地，
冰覆极顶！
她向往大海的深广，
亦渴望天宇的深空……
大美在韵度，
大智看襟胸！

俗世与灵界的沟通

7月29日　青藏天路芒隆拉神山

过了桑曲大桥，赏罢桑丹康桑神山上下的冰川流水，共绘的一幅展现水之精神的雄美画卷，我和小圆很快便骑入了当雄草原；原来在那曲草原上，沿青藏天路的两旁，藏胞多以散居为主，可到了当雄草原，散居变成了村落；巍巍的大山角下，每一条流水丰沛的峡谷口，几乎都可以看到一片错落有致的藏村，远远地看去，真的就是一处幽静的世外桃源；我想，这应该是当雄草原的牧场更丰美、水源更丰沛吧……

中午12点多的时候，经过了一个长长的爬坡，我们骑上了海拔4638米的芒隆拉神山；垭口处拉起了一道道、重重叠叠的经幡，三个红衣喇嘛正在经幡前膜拜神山，祈祷后，他们一把把地迎风抛起纸币般大小的东西，任其在蓝天下飞扬。

小圆说："大飙，他们抛洒的是什么？"

我说："我还真说不清楚；喇嘛就在我们面前，何不请教一下呢？"

小圆上前，向喇嘛们问好，并向他们求教，一个喇嘛很友好地给我们做了详解。

这抛洒天空的叫风马，这用绳子拉起或用木杆挑起的经绢，叫风马旗；一般都是五种颜色，红、黄、蓝、绿、白；你们汉人都理解为五行，金木水火土；而我们则认为是组成世界的五大元素，地水火风空，其所承载的经文或真言，是人与神相通的媒介或桥梁。

风马或风马旗的源头在哪儿呢？相传，当年佛祖释迦牟尼手持经卷，坐在菩提树下入定七天，终于得道成为大觉悟者，出定之时，他看到自己手中的经卷早已被狂风一页页地吹去，原来是风神见释祖读经积思太苦，便在他入定之时代他诵经，从而成就了佛祖的大智慧；后来，人们把经文、咒语或真言印到纸片上在风口处抛洒的，便是风马，印在绢或布上，挂在木杆上的，便是风马旗，其意旨，都是让风代为我们诵经，以成就我们像佛祖一样的大解脱和大功德。

当然，还有一个传说。一个藏族僧人，历尽辛苦，从印度取回真经，不想在一次过河的时候跌入水中，经卷全被打湿。他就把经卷打开，在岸边的石头上晒，自己则坐在河边的一棵树下闭目参禅；突然间，河谷里响起法锣、法号，阵阵梵音在天地间回旋；僧人闻声，顿觉浑身通泰，大彻大悟；喜意踊跃之时，他睁开眼睛，看到一阵阵的大风，正把他的经书吹得满天飞舞；他忽有所悟：原来风在为自己念经！自己就是一目十行，一天才能念多少？但是，风却可以把自己的经书刹那间全部翻开！于是，他便把经文写在纸上抛向风中，便为风马；写在绢上挂在风中，便为风马旗……

其实，藏民族生活在雪域，触目所及，无不是崇山峻岭，大江莽原，而神灵便是骑着风马，巡视在雪山、森林、草原、峡谷之间，保护着雪域部落的安宁祥和，抵御着魔怪和邪恶的入侵，所以，人们放风马，挂风马旗，正是为了向神灵们祈求天、地、人、畜的和谐吉祥，让风马成为俗世与灵界沟通的介媒。

说到这里，僧人把手一挥指了指远方说："在你们前进的方向，那座雪峰便是念青唐古拉山的主峰——念青唐古拉峰，有人说他像一头雄狮，也有人说他像一匹拥有天鹅翅膀的白色神马，我们更愿意相信他就是一匹雪白的风马！念青唐古拉山神叫唐拉雅秀，他被莲花生大师收服为佛教的护法神后，便常常骑着这匹风马，率领着他的三百六十名随从（即念青唐古拉山脉的三百六十座山峰），巡弋于世界八方，除魔镇邪，护佑着人间的平安祥和！他就在当雄县的纳木错边上，愿保佑着你们一路平安！"

喇嘛和我们作别后，又向垭口附近的一座寺庙走去，寺前是一排洁白如玉的白塔，和一个锥形的拉满五色经幡的经垛，它们在绿色的山谷里，透着直入人心魄的灵气。我和小圆双手合十于胸前，向着寺庙和白塔默默地祈祷，轻轻地默诵着六字真言：唵嘛呢叭咪吽；不觉之间，感受到身心涌起一种从未有过的舒展与柔融！

空无与妙有

7月29日　青藏天路当雄草原

芒隆拉神山位于桑丹康桑雪峰与念青唐古拉峰之间，骑下山来，桑丹康桑雪山便由此寂于我们的身后，念青唐古拉峰便像一匹鼓动着天鹅之翼的白色神马，在前方召唤着我们前行；一路走过去，雄起的两山之间，是空旷的草原谷地，曲折婉转的流水，美丽的藏村，飘飘的经幡，洁白的佛塔……这白色是源自摩云擎天的神秘迷人的冰川雪峰吗？

白色，是藏胞最尊崇的颜色，因为白色的纸或布上可以填充你认为有意义的字、画或色彩，所以，她是空的象征！宇宙的空，让峥嵘万象有了演绎的舞台；大地的空，让滋滋万物尽呈了风流；心灵的空，是为自性打开的一扇大门，有了这扇大门，我们自性的小宇宙与混元的大宇宙之间，便有了谐畅无碍的通道；有了空无，自能收获妙有的大快乐和大自在。佛的智慧，可以说无时无刻不在潜润着每一个藏胞的灵魂啊！

在雪域，空，可以说正是大化演奏的主旋律，大日如来（密宗的无所在又无所不在的化身佛）便是这旋律的演奏者，万法唯空，空弥万法；当藏胞们赶着牛羊放牧的时候，面对辽阔无垠的大野和远方隐隐的雪山，他们能感受到自己的心跳与佛心是跃动在同一个节奏上；那些转山、转水揖天叩地的朝圣者，无不坚信：神灵就在路上！

所以，骑行者在青藏天路的大穿越中，他们也是某种意义上的朝圣者，他们的灵魂在与天地共呼吸里，将蓄纳多少宇宙的灵气？

古露到当雄，只有70多公里，过了芒隆拉神山，差不多都是一路平川，穿行于河谷之间的青青牧场上，雪山映于眼帘，溪流奔腾于路边，天空澄蔚如洗，白云朵朵如莲；高原的空气净极，阳光挥洒无碍，云影飘落于草场和山间，光影殊形诡状，如梦如幻；人行画中，境逸人闲；虽说是旅行，却更像是一场澡雪灵魂的参禅！

大约下午两点的时候，小圆说："大飙真是一个嗜美之人，每时每刻都见你意气风发，激情炽燃啊！快收起相机，我们找个地方吃饭吧，都快饿死啦！"

虽然有美色可餐之说，但是，美景还是画饼，真饿的时候肚子还是会造反的；我和小圆把车子推到远离国道的草地上，把塑料布往地上一铺，把各种准备的食品往上一摆，有蛋类、肉类、奶类、蔬菜类等，主食有烤面饼，饮料有咖啡，这对于骑行者来说，已经是一个非常丰盛的午餐啦！

一边吃，我们还一边开心地凑诗：

高原当餐桌，雪山做火锅；
龙凤一齐烩，仙凡乐呵呵！
无酒心亦醉，美景任我酌。

佛意入胸臆，魂与天地合！

城里的人喜欢野餐，其实，“餐”已经只是一个名义了，真正让人快乐的是对“野”趣的品味，而青藏天路上的野餐，更是充满了禅趣和仙韵，估计这禅趣和仙韵，唯有一路向圣城拉萨的骑行者方能得其真味吧！一般的旅行或旅游者，他们看到的只是风景点，而骑行者穿越的才是真正的风景线！因为点是实，而线上空曲铮铮，所以，得空无者，方能妙有！

· 旅心即春心

7 月 29 日　青藏天路当雄草原

雪域高原的天空有一个最大的特征，早晨或上午，几乎都是天碧如洗，纤云不染，一到中午，云朵便如白莲般绽放，并且，还会在某一个时刻，积云成雨，飘落峰头，常常还会危及草原牧场；望着这些垂着雨丝的乌云，我想：那些积雪拥冰的山峰，之所以会在融水倾下的岁月里恒姿万年，一定是得益于这些雨云的滋养吧？

这不，我和小圆刚吃罢午饭，为了防止饭后的困顿，我们还在喝着咖啡的时候，一团含风带雨的乌云，突然从山里转出，噼里啪啦地向我们袭来；我们赶紧穿上雨衣，收拾上路，还没骑多远，乌云飘去，天空又是一片晴朗，可谓是来也何急，去也何速啊！

在骑到距当雄县城还有约 10 公里的地方，一个写着“3721”的里程碑引起了我的兴趣。小圆说：“大飙，这里程碑是不是让你想起了‘不管三七二十一’的俗语？”

我对小圆说：“当年，还没来过西藏的时候，渴望旅行西藏的冲动，已经折磨了我两三年了，每一年的暑假，我都对自己说：‘今年一定要去西藏！’可到了出发之时，我便会犹豫不决，怕传说中要命的高反，担心人身的安全，总之，怕字当头，下不了最后的决心！直到十年前的那个暑假，一个网友对我说：‘做事别总是娘娘唧唧的，旅行就如谈恋爱！爱上了一个心仪的女孩，不管三七二十一，表白了心迹再说，别让机会无由地溜走！旅心即春心，出发才是最好的表白，和自己谈一场恋爱，和天地谈一场恋爱！叽叽歪歪的人，永远得不到爱！’他的话，让我不再犹豫地踏上了这片净土，没想到自此，我真的爱上了雪域，爱上了西藏啊！”

小圆说：“曾经读过一篇文章，其中，让我感触最深的一句话就是：‘旅行，让人永远年轻，因为旅行本身，就是一曲浪漫的爱与诗的交响乐。’；旅途之上，我们永远不会知道前方等待着自己的是什么，永远不知道自己将看到什么样的风景，收获什么样的惊喜，遇到什么样的境遇，尽管心中忐忑，但是，我们依然要一往无前，走向自己的期许之地……这就是旅行的魅力，这也是青春的魅力啊！”

我说：“是的，旅行与青春的共同之处，便是向着自己的期许之地，义无反顾地踏上前路！不管三七二十一，出发了再说！没有出发，永远就没有未来！人生如旅，只要我们还是行走在追寻和求索的途中，我们的生命里就永远弥沦着鲜活的青春气息。”

晚上4点多钟的时候，我们到达当雄，县城一边是一弯像新月般从青幽幽的草地上流过的当曲，另一边是被绿色覆盖的兀兀大山……

当雄的海拔是4300米，是羌塘草原中水草最丰美的地方；当雄在藏语的含意是：被挑选的好地方，或者是百里挑一；这一天当雄草原的骑行，也让我们深深地感觉到了她独具的魅力和曼美！

在一家藏家旅馆刚住下，老板便问我们去不去纳木错，正好老徐和老付赶到了当雄；最终老徐和老板谈妥，每人100元，凌晨两点出发，可以不用买门票，看了日出后返回，所以，吃了晚饭，我们便都早早地休息了。

第十一辑

蓝色的哈达

旅如人生，人生如旅；生命的辉光，是点燃于修，闪耀于行，没有出发，便没有抵达，没有诗意的向往，便没有期许的远方！生命，是一场伟大的旅行，只要我们勇敢地向前，其间，还将有比青藏天路更艰辛的路程，当然，也将有比青藏天路更瑰美的风景！旅行，并不一定是为了抵达，更是为了那一路的大美风光，那一路的万象峥嵘……

·日　出

7月30日　纳木错

凌晨2点，老板把我们叫醒，并吩咐一定要多穿衣服，纳木错的岸边会非常的冷。

说实话，这个时候出发，也是老板想为我们省点钱，天亮后进纳木错，光门票就是每人120元。

当雄县城距纳木错60多公里。车窗外，月亮的清辉，自幽碧的天宇流泻而下，山形绰约，峡谷苍茫，一切的一切，都显得朦朦胧胧，如梦如幻……

老板把我们送到纳木错的扎西半岛的时候，住在纳木错湖边的游客，已开始有人借着清冷的月光或把着电筒，向扎西山爬去，峰顶是看日出的最佳观景处。

纳木错的海拔是4700多米，由这个高度向上攀登，真的每一个台阶都是一个挑战或考验，可谓是一步一喘，三步一歇；我和小圆、老徐、老付就好多了，毕竟是一路骑行而来，在此登山，虽不敢说如履平地，但也是轻轻松松。

登上山顶一看，已经人满峰头啦，我和小圆只好见缝插针，在临湖的悬岩上找到一片让人稍为满意的地方。

西藏的湖错有一个共同的特点，傍晚至上半夜，湖面上寒风呼啸，波涌连天，如千万个精灵在湖风里疯歌狂舞；一到下半夜，狂风渐止，湖平如镜，所以，站在扎西峰上瞭望，湖波微动，似有若无，湖岸幽黑，轮廓分明；念青唐古拉峰像一尊熟睡的巨人，是否还在朦胧的夜色里，做着与妻子纳木错相依相偎的春梦？

终于等到东方欲晓，云霞渐红；初时殷殷一线，顿时绛帷浮动；纳木错如初醒的神女，始露玉容；念青唐古拉峰也披上了白甲，是否已准备出发巡弋天下？

红霞愈炽，烛龙探头；湖波泛光，雪峰连绵；日照金山的辉煌，淋淋漓漓地呈现于人们的眼底；天空地上，气象纷纷；金乌破云展翅，物象瞬息万变；赤丹渐圆炽燃，人们欢声雷鸣；江山梦醒，湖错碧蔚；一场光与影的大剧，高潮退去，始入平静……

下山的时候，小圆说："为什么人们如此的喜欢观日出呢？"

我说："日出是人生的一个寓意，人们所向往的浪漫、诗意、瑰美、辉煌……无不在这光与影的演化之中淋漓尽致地展现；当日头的辉光从那东方若有若无地呈现，到丹霞满天、赤焰飞舞的灿烂，再到阳光普照山河大地的平凡，这是悟启心门的一个禅机！有的人一生都活在混沌未化的暗夜里，有的人爬上了光明顶却惑于继之而来的平静，有人懂得巅峰之后的平凡是继写辉煌的又一次攀登！悟透了这一造化的禅机，一生浪漫、诗意、阳光、快乐、幸福，一生都充满勃勃向上的生机！日出，让天地造化走出了混沌；悟识，让我们的内心世界布满了智慧之光；有了智慧之光的引领，人生的岁月,每一秒每一刻,无不是曼美绝伦!”

小圆笑道:“和大飙在一起,真让人的心地一片光明!”

灵境福源

7月30日　青藏天路

在纳木错看罢日出，我和小圆都有一种渴望在扎西半岛转上一圈的冲动，唯有这样，才能更好地领略念青唐古拉雪山的雄美和纳木错的瑰丽，可老徐和老付不愿意，说这一转，就得在当雄耽搁一天，我俩也就不再坚持，反正也快骑到目的地拉萨了，我们还有机会再来。

回到当雄还不到10点钟，便让老板给我们一人煮一碗面，吃罢便上路了。

从当雄到羊八井只有75公里，应该说难度不大，但是，路上要翻越青藏线上的最后一座大山——念青藏古拉山口。

出了当雄县城，一直都是缓下坡，再加上念青唐古拉冰峰在前，雪山的融溪时常现于路旁，牧场青绿，牛羊成群，特别是这一带的藏家居舍，屋顶之上，除了拉起的五色经幡，还多了一些蘑菇形的装饰，煞是好看；景美路顺，怎不让你惬意呢？然而，小圆说："大飙，我们本来是要翻越念青唐古拉山的，可我们却在一味地下坡，这不是什么好事啊。”

我说：“是啊，骑行在山路上，每一个下坡的快意，都是要用上坡的艰辛来加倍偿还！平坦是理想的骑行之路，可命运既然安排了上上下下的曲折，我们也要欣然接受，这样的骑行才更充满节奏之美吧！”

小圆说：“大飙的心态，真好，真阳光。歌曲失去了节奏，也便失去了灵魂；人生失去了节奏，生活便杂乱无章；大化峥嵘，峰壑相依，有了这般节奏的变化，自然之曲才拥有了如此撼人心魄的大美旋律啊！我们来骑行青藏天路，不也正是为了感受这节奏之美和旋律之美吗？向大飙学习，享受下坡的惬意，也享受上坡的诗意！”

下坡下了十多公里之后，果然便是没完没了的起起伏伏，当然，山口在前，主要还是以上坡为主。

中午11点多钟的时候，骑到一个藏村前。村子坐落在念青唐古拉雪峰之下的一个地势较为平坦的谷口处，牧场空阔，碧草茵茵，河水绕村流淌，经幡拉满河谷之上；蓝天之下，冰雪与白云相映，河流与草原相依，经幡与藏居成趣……奂美天成，境若须弥；小圆长长地叹了一声：“这里真是人神共居的仙境啊！”

我说：“天地幽旷，瑰景如幻，人居其间，真的是入道入仙啊！”

小圆轻轻地吟咏起来：

前世的因，
今世的缘；
方得穿行雪域，
痛饮菩提灵泉；
冰峰兀兀，

牧场绵绵；
经幡飘飘，
河流弯弯……
我留下了脚印，
带走了润魂的甘甜；
这佛土禅境，
将是我一生的福源！

梁园虽好，终非久恋之地；念青唐古拉山口还在前方等着我们去攀登呢，最后，在藏村前大拍特拍之后，依依不舍地离开了。

· 春风得意

7 月 30 日　翻越念青唐古拉雪山

越是接近念青唐古拉山口，道路便越是有坡度，看上去仿佛如直插前面的冰川雪峰而去一样……

自从翻过了唐古拉山前后的三座海拔 5000 米以上的雪峰之后，骑行真的差不多成了穿越天路立体画廊的享受，眼前的这个海拔只有 4600 多米的山口，已成了我们骑行途中最后的一次有着冰川雪峰为佐餐的美之盛宴，心里还真不想太快地把她吃下去。

爬坡的路上，我和小圆骑得虽然不快，但是，近在眼前似的冰川雪峰，却如汹涌的波涛一般不断地冲击着我们的视神经，随着我们的移动，雪山也幻化着不同的天姿；极空灵、极曼美之处，难免不让人浮想联翩：当我们仰慕的时候，那冰宫中也会有一双双神灵的目光，在悲悯地注视着我们吗？大野空辽，群岳苍茫，身在其间，你的心灵深处敢有半点对苍天、对神灵的不敬之思吗？除了祈祷，我们深深感受到的就是自己难有作为的卑微了！

然而，当我们深感自己卑微的灵魂在祈祷中一旦与宇宙之灵有了通感，我们的灵魂就会成为大化之曲中的一个鲜活的音符，我们就会在自然之神的感召下参与到大化之曲的演奏中，并且，会诗意哲韵地去表达自我！人与自然，就是在这种感召和表达的过程中，实现的天人合一、物我不二的和谐与冲融。

真正的旅行，并非是为了外在的行走，恰恰是为了灵魂的回归！人，不能一直受困顿于被文明引领的所谓聪明，更要拥有能够返璞归真的大智慧和大解脱！当我们面对原始的空山、峡谷、江川、莽原、大漠、林皋之时，是否能够重拾被城市的喧嚣、名利、荣辱、金钱夺去的内心的平静？

小圆说："这次青藏天路的骑行，是我生命的一次洗礼！宋代的邵雍曾说过，人要拥有'江山气度，风月情怀'，如果不是经过了这次的洗礼，我真的很难悟透语中的真机啊！"

我说："是啊，以前，我曾经追问过自己旅行的意义，当我走了许多地方之后，才发现旅行的意义就是旅行本身，意义在我们行走的路上……就如我们所渴望的人生的卓越，就在追求卓越的路上，除此之外，别无意义可寻！"

每次攀登上垭口的最近几公里，都是最艰辛的一段路程，念青唐古拉山口亦不例外，但是，每次登顶的过程中，我们都有一个信念：每前进一步，我们就距垭口近了一步，再长的距离也经不住时间的挤压吧，只要不放弃，胜利就一定会属于登攀者。

下午约3点来钟，我们终于骑到了山口，兴奋之余，我们准备拍照留念时才发现，这里尽管有很多藏胞在卖纪念品，却没有念青唐古拉山口的标牌。小圆问一个藏胞："这是山口吗？"藏胞笑了笑说："是啊！"小圆说："为什么不竖个标识山口海拔的牌子？"藏胞双手一摆,表示他也不知道。

从垭口上骑车下山,还没溜坡几分钟,就明显没有了下山的感觉,我和小圆都不约而同地下车查看车胎是否爆了,看后,又不约而同地笑了,车胎气足足的,看着路面像是下坡,骑车咋会有上坡的感觉呢?小圆说:“说不定这是一个怪坡,虽是下坡,山口处却有一种神力在拽着我们往上去呢!”

我们正在瞎猜疑,老徐和老付过来了,老徐说:“听藏胞说,这并不是最高的山口,还要过了拿多拉山口,才是真正的下坡呢!”

原来如此!果然,我们又爬了三四十分钟的坡,才到了拿多拉山口,有标牌,但没有海拔高度。过了山口,我们的车子力不加镫,速度瞬间便可上到三四十码,但是,路面常常并不太好,控速还是必要的;国道旁是一条叫尤曲的河流,水流湍急,奔腾而下,我们顺流而骑,好不畅快!

路上,我突然想到了“春风得意马蹄疾”的诗句,但是,我更明白:春风得意,正是来自十年寒窗的苦学啊!我和小圆,在整个天路之上,爬了多少个坡、翻了多少座大山,才享受到了这春风得意的快乐呢?

一直在溜坡,只是为了拍照才在河边的一处雕塑旁停了一次,接着,我们便如飞燕一般,直冲到了羊八井。

诗意的黄昏

7月30日　青藏天路羊八井

羊八井的全名是土登羊八井，藏语含意是佛教广严城，曾经是噶玛噶兴派红帽系的道场，距拉萨约90公里，处于念青唐古拉山南缘的深处直达熔岩的断裂带上，所以，这里有无数的热泉涌流，许多处的水温能达到170摄氏度以上；最奇特的景观当数热炮，每一次的爆发，随着“嗵”的一声，其炽热水柱应声而起，高度可达二三十米，这是世界上罕见的地热奇观……

吃了晚饭，我们四人回到了客栈休息。晚上接近9点的时候，我抬眼看到了窗外山后的天上，云赤霞飞，殷鲜弥天，如金帐垂帷，似纱幔泛彩，锦天绣地，美轮美奂。抑制不住心中的激动，拎起相机，夺门而出，生怕错过了欣赏和摄影的最佳时机。

小圆不知道我为什么如此的亢奋，也随我出来，望着眼前的美景，忍不住一声长叹：“哇，这天空，真是如梦如幻，如童话世界的再现，怎么可以如此的美妙绝伦啊！”

如果说窗外的景象还只是坐井观天的话，那么，走出门外看到的宏阔雄丽的场面则是让人魂动魄撼啊！云浓雾重之处，残阳如血，杀机暗伏，仿佛是经历了几番厮杀后的战场，正孕育着新的风暴；有的地方，薄云如絮，美如开在少女腮上的蔷薇几朵；有的地方，如火漫燃，一片灿烂……

佳境难摹，良景如幻；看看夕阳即将落幕，转瞬间，又有好戏上演；我还在品着落日的余味，突然，小圆兴奋地喊道："大飙，你看，月亮透出云头，正向我们问好呢！"

果然，在云霞尚在燃烧之处，一轮明月飘然独出，霞月齐辉，惺惺相惜；一个是目送金乌沉沦的嫦娥，一个是激情四射的吕岩；匆然的相遇，纵是怡心顺目，也不过是一次雁过长空、影沉寒潭的一瞬倾慕……

小圆说："大飙神色凝然，仿佛若有所思，在想什么呢？"

我说："这景象，让我有着不尽的感慨！"接着我吟咏道：

夕阳徘徊，
思慕还在燃烧；
他呼唤的月儿，
终于来了；
可时光女神，
不解风情；
只懂得路归路，
桥归桥……

这时，一个牧女赶着一群牦牛从我们身边走过，随着牧女的吆喝，牛群也响应着一声声的和鸣；望着他们远去的背影，小圆说："这一幕，让我想起了萨福诗，'太阳落山，牛群入栏，白天夺去的一切，夜晚又将还来。'这诗，不正是今晚的写照吗？多美啊！"

在牧女和她的牛群走过之后，夜色蓦然四合，独留孤月一轮；当然，清冷的街道上，还有我和小圆在欣赏着月光下的山廓岳形……

骑行与安全

7 月 31 日　青藏天路堆龙曲峡谷

愈是接近了拉萨，我们愈是心情放松；今天是我们青藏天路骑行的最后一程，圣城拉萨已近在咫尺，我们反而对一路上的酸甜苦辣、惊悚畅悦，有了一种近似怀恋般的忆念；慢慢地走，慢慢地在幸福的品味中把这忆念拉得长一些吧……

羊八井到拉萨还有 80 来公里，并且，还是一个从海拔 4300 米冲向 3600 米的长下坡；路，就在堆龙曲的峡谷之中，顺流而下，直达距布达拉宫还有 10 多公里的拉萨河畔！

经得起人生的历练，才能消受得了天地的福缘！这一路的风雨坎坷，必将把我们的生命提升到自然风流之逸境；俗话说，苦尽甘来，其实，是苦尽境来；你攀的山，走的路，涉的水，越的谷，都是提升你灵魂的台阶，让你站在超拔的高度上，来重新地审视自己的生命，审视自己所处的现实，审视自己的追求和进取，审视自己的信念和信心；站在这样的高度上，你一定会看到别人欣赏不到的风光和景物，拥有别人无法企及的幸福感和超脱感！

吃罢早餐，我们上路的时候都已10点钟了。出了羊八井，我们便投身到了堆龙曲的峡谷中；两岸青山耸峙，曲水奔腾直下；天空澄碧悠远，白云朵朵安闲；藏村静卧山角，经幡随处可见；最让人激动的是，整个青藏天路上难得一见的树木，终于在这峡谷里出现；车轮滚滚，人心欢跃，风景如画，美映眼帘；如果不是有些顶风，那么，顺坡溜下，大半的骑程真的就可以完成于力不加镫啊！

堆龙曲峡谷时宽时窄，宽广之处，有藏胞们开辟的农田，青稞成片，藏村相依；窄狭之处，岸耸山峙，路临深谷，水声轰鸣；好在一路骑来，已能根据声音准确判断车型，只要是大货驶来，为了安全起见，我们常常驻车路边，等它们过去……

“安全”二字，可以说是骑行者必需时刻不忘的圣念，为此，我和小圆还编了一个顺口溜以提醒自己，就叫“骑行安全歌”吧！

骑行靠右走，
绝不寻方便；
路宽在线外（白线），
路窄不离线；
拐弯稍停顿，
不忘前后看；
上坡不足畏，
下坡把速限；
听到大货声，
不停也得慢；
双人不并驾，

避免出祸患！

特别是经历了20多天的青藏天路的骑行之后，我和小圆就更加注意安全啦，圣城拉萨就在眼前，怎容再有任何的闪失？

世界登山界有一个最高奖：金冰镐奖，被称为登山界的诺贝尔奖！这个也像诺贝尔奖一样，只发给活着的登山家，其宗旨，就是避免出现一些人为了荣誉而置宝贵的生命于不顾，暴虎冯河，孤注一掷；金冰镐奖的口号是："登顶是为了回家！"其实，骑行，更是为了回家！骑行，是为了开拓生命的意义，获得生命鲜活的生机，赋予生命诗意的美韵，所以，安全才是托起这一切的重中之重啊！

蓝色的哈达

7 月 31 日　拉萨河谷

大约是在 3 点多钟的时候，我和小圆骑出了如诗如画的堆龙曲峡谷，来到了有着大河谷风光之称的拉萨河畔。

走出逼仄的峡谷，看到了拉萨河谷的空旷，小圆兴奋地喊道："拉萨河，我来了！拉萨，我就要投入到了你的怀抱之中！"激动之余，她说："大飙，能给我讲一些关于拉萨河的故事吗？"

这里是拉萨河的下游，谷宽流缓，有着丰富的冲积谷地，是西藏的天然粮仓，被称为托起西藏文明的蓝色哈达。

早在公元 7 世纪之初，一个发轫于西藏山南，并在富庶的雅砻河谷的滋养中不断壮大的吐蕃部落，在其第 32 任赞普朗日松赞的率领下，翻过了米拉雪山，将其势力扩展到了拉萨河流域，并在拉萨河谷的一个叫甲玛沟的地方，建了夏宫强巴敏久林宫，他的儿子松赞干布就在此宫诞生。

不幸的是，雄心勃勃的朗日松赞尚没有完成他统一雪域全境的抱负，便被一些自认为利益受损的贵族给毒死，刚满 13 岁的松赞干布被推上了王位,他决心继承父志。首先,他平定了内乱,诛灭了杀害父亲的元凶;接着,便是整饬军队,拓土开疆。

吐蕃王朝发祥于琼结,各种势力在那里盘根错节,松赞干布决定跳出这个让他处处掣肘的地方。征战中的一天,他的牙帐便安扎在拉萨河畔这个被称之为逻些(即拉萨)的地方,他发现这里河宽流缓,谷地辽阔,水草丰美,宜农宜牧,肥沃的冲积谷地,更是不可多得的自然粮仓,并且,周围山隘重重,攻守兼备,真是天赐的建造王宫的风水宝地啊!

其实,在西藏最能挑动王者神经的是什么?是丰沛的流水,是空广的河谷!雪域这个地方干旱少雨,到处是雪山、秃岭、荒漠、高寒草原,而河谷平地,几乎是唯一的粮食来源;在以游牧为主的西藏,唯有那些有充足粮食供应的部落,才会有争霸的资本。吐蕃部落,善于利用其在山南占有的肥沃的雅砻河谷,其所蓄养的兵力便远远地超过其他的部落,特别是当朗日松赞把吐蕃的势力扩充到拉萨河流域之后,他的继承者松赞干布更是慧眼识宝,发现拉萨河谷比雅砻河谷更具开发的潜力,于是,迁都拉萨,不但摆脱了旧贵族对自己的掣肘,又为自己统一西藏全境奠定了地理上的优势!

建都拉萨之后,果然不出数年,松赞干布便统一了西藏全境,并进行了大刀阔斧的改革,从此,一个新生的政权在雪域蓬蓬勃勃地兴盛起来;他不断地派学者去印度,去大唐,去尼泊尔等地学习,从而为西藏的文明、文化和经济的发展,奠定了雄厚的基础。说拉萨河是托起西藏文明的蓝色哈达,一点都不为过啊!

在松赞干布25岁那年,他又迎娶了大唐文成公主为后,文成公主带入吐蕃的各种书籍和工艺,对西藏文明的发展,更是起到了推波助澜的作用。当年,在他以大唐之礼跪拜送亲使江夏王李道宗后,还兴奋地宣布:“我今天能娶上国大唐公主,实在荣幸。我要为公主建造一座最大的宫殿,作为纪念,让子孙万代都要与上国大唐永远亲和。”

这座宫殿,就是至今依然还坐落在拉萨河谷红山之上的布达拉宫！它已静静地等待了我们1300多年……

旅行，不一定是为了抵达

7月31日　拉萨布达拉宫

接近下午5点钟的时候，我和小圆骑进了圣城拉萨，骑上了北京路，骑到了我们期待中的布达拉宫脚下；仰望着她雄峙苍穹的宏伟，感受着她威仪天下的神圣，我们只从心灵深处迸发一声：“我来了！我真的来了！”

我们来了！我们虽不是在红山脚下长跪揖拜的佛教徒，但是，我们有一颗朝圣者的心！

我们来了！我们站在布达拉宫前，并不只是为了仰望，更是为了让布宫作证：我们也都拥有一个对生命岁月充满着仰望的灵魂！

我们来了！我们仿佛看到了布宫金顶之上神灵的笑容，这无疑是对我们的赞许！因为他们早已在我们来路上所经历的坎坎坷坷和风风雨雨中，看到了我们生命中的执着、信念、坚韧和铸梦的意志、进取的精神，人神相惜，美的内涵中有着人神共奉的价值！

我们来了，但并不是为来而来！任何一个生命，都需要一个修行的道场，需要在神力不断地加持中渐入彻悟的妙境，获得无上的智慧，开拓卓逸的人生！天路之上，万象纷呈，禅韵悠悠，道机融融，大化化人，大美化魂，我们一路走来，心魂在不断地翕张中，吸纳了天地多少的灵力啊！

旅如人生，人生如旅；生命的辉光，是点燃于修，闪耀于行，没有出发，便没有抵达，没有诗意的向往，便没有期许的远方！生命，是一场伟大的旅行，只要我们勇敢地向前，其间，还将有比青藏天路更艰辛的路程，当然，也将有比青藏天路更瑰美的风景！旅行，并不一定是为了抵达，更是为了那一路的大美风光，那一路的万象峥嵘……

我们来了，是为了更好的出发！一个伟大的人生，是来源于一个人永不放弃，在追求伟大的道路上无所畏惧地前进！

·后记

旅行，让生命成了一枝在风中移动的花朵，她在吸纳了大化自然的灵气，承接了天地神力的加持之后，必将妙韵自成，芳馨自盈！

旅行，是人生修行的一个道场；山高水远，禅机重重；万象峥嵘，法雨濛濛；契悟入心，趣意融融；得造化之智慧，铸生命之瑰梦！

旅行，让我们的生命之曲，融入了大化自然的节奏，让我们在俗尘弥漫的世界上，拥有了江山的气度，风月的情怀……

读罢《骑行天路上的小幸福》，抚卷而思，你的心灵深处，一定还会有着诗意的回味，哲韵的妙觉；随着作者这一路青藏线的大穿越，我们不但和他一起，领略了祖国大美江山的雄丽和神秀，更让我们透过文字，感受到了作者那颗像音符般在自然的琴弦上跃动的心！

天地的大美，在没有进入你的眼帘之前，她是寂然的存在，一旦进入了你的视野，她便在这一刹那间为你而明艳起来，为你而光彩夺目，她会点燃你的激情，撩起你浪漫的情怀；她渴望着赞美的诗从你的心灵里流出，渴望着你吟颂的歌打破亘古的落寞……

其实，谁的灵魂深处不曾感受到过这来自旷野空山的原始的呼唤呢？我们内心深处暗涌的旅行的冲动，常常与这原始的呼唤，遥相呼应，渴望在大化自然的怀抱里，找回被城市的喧嚣夺去的久违的平静；然而，一入闹市深似海，万种牵挂系心头；门外春潮滚滚急，再无闲暇去寻幽！说走就走的洒脱，何时才有？

怎样诗意地享受生命呢？《骑行天路上的小幸福》的文字中，肯定充满了引领心灵走向美之盛宴、哲之瑰境的内容，也许，作者的那把打开妙悟之门的钥匙，正是开启我们创意人生的枢机呢！

旅如人生，人生如旅，你读懂了旅行者的心，你也就读懂了自己的灵魂！